宋词佳句接龙游戏700条

张祥斌　主编

上海大学出版社
·上海·

图书在版编目(CIP)数据

宋词佳句接龙游戏700条/张祥斌主编.—上海：
上海大学出版社，2014.9
 ISBN 978-7-5671-1390-9

Ⅰ.①宋… Ⅱ.①张… Ⅲ.①宋词-青少年读物
Ⅳ.①I222.844

中国版本图书馆CIP数据核字（2014）第170094号

策　　划　农雪玲
责任编辑　农雪玲
版式设计　施羲雯
封面设计　施羲雯
技术编辑　章　斐

宋词佳句接龙游戏700条
张祥斌　主编
上海大学出版社出版发行
（上海市上大路99号　邮政编码200444）
（http://www.shangdapress.com　发行热线021-66135112）
出版人：郭纯生
*
南京展望文化发展有限公司排版
上海华业装潢印刷厂印刷　各地新华书店经销
开本787×1092　1/16　印张12　字数184千
2014年9月第1版　2014年9月第1次印刷
ISBN 978-7-5671-1390-9/I·243　定价：32.00元

编委会

主　编：张祥斌

副主编：农雪玲

顾　问：张　国　李冰凌

编　委：修国英　张建兴　潘泉君
　　　　闫哲美　贾亦显　何利轩
　　　　苏丽珍　孟文文　郭春焱
　　　　孟祥龙

第1章 雨雪冰霜 ...1

余花落处，满地和烟雨。 ...1

柳外轻雷池上雨，雨声滴碎荷声。 ...4

破暖轻风，弄晴微雨，欲无还有。 ...6

问春何苦匆匆，带风伴雨如驰骤。 ...8

马滑霜浓，不如休去，直是少人行。 ...10

梧桐更兼细雨，到黄昏、点点滴滴。 ...14

卷地朔风凛凛，漫天瑞雪霏霏。 ...17

腊月到盘洲，寒重层冰结。 ...19

第2章 草木生灵 ...22

春色将阑，莺声渐老，红英落尽青梅小。 ...22

无可奈何花落去，似曾相识燕归来。 ...24

柳径无人，堕絮飞无影。 ...27

沙上并禽池上暝，云破月来花弄影。 ...29

风老莺雏，雨肥梅子，午阴嘉树清圆。 ...32

长条故惹行客，似牵衣待话，别情无极。 。。。34

知否，知否？应是绿肥红瘦。 。。。38

红莲相倚浑如醉，白鸟无言定自愁。 。。。40

爱贴地争飞，竞夸轻俊。 。。。42

第3章 日月星辰 。。。46

那堪更被明月，隔墙送过秋千影。 。。。46

满地残阳，翠色和烟老。 。。。48

灯火钱塘三五夜，明月如霜，照见人如画。 。。。50

纤云弄巧，飞星传恨，银汉迢迢暗度。 。。。53

数点雨声风约住，朦胧淡月云来去。 。。。56

烟中列岫青无数，雁背夕阳红欲暮。 。。。58

楼上阑干横斗柄，露寒人远鸡相应。 。。。60

休去倚危栏，斜阳正在、烟柳断肠处。 。。。63

一轮秋影转金波，飞镜又重磨。 。。。65

第4章 山水情怀 。。。68

水是眼波横，山是眉峰聚。 。。。68

十里青山远，潮平路带沙。 。。。70

黯黯青山红日暮，浩浩大江东注。 。。。73

怒涛寂寞打孤城，风樯遥度天际。 。。。75

青山遮不住,毕竟东流去。 。。。77

我见青山多妩媚,料青山见我应如是。 。。。80

剩水残山无态度,被疏梅、料理成风月。 。。。83

爱东西双涧,纵横水绕;两峰南北,高下云堆。 。。。86

第5章 季节时令 。。。89

碧云天,黄叶地,秋色连波,波上寒烟翠。 。。。89

不肯画堂朱户,春风自在杨花。 。。。91

朝云漠漠散轻丝,楼阁淡春姿。 。。。93

稻花香里说丰年,听取蛙声一片。 。。。95

楚天千里清秋,水随天去秋无际。 。。。98

檐花旧滴,帐烛新啼,香润残冬被。 。。。100

第6章 喜怒哀乐 。。。103

浮生长恨欢娱少,肯爱千金轻一笑。 。。。103

十年生死两茫茫,不思量,自难忘。 。。。106

奈愁极频惊,梦轻难记,自怜幽独。 。。。108

愁旋释,还似织;泪暗拭,又偷滴。 。。。111

只恐双溪舴艋舟,载不动许多愁。 。。。113

怒发冲冠,凭栏处、潇潇雨歇。 。。。115

而今识尽愁滋味,欲说还休。 。。。118

第7章 咏古叹今 ... 121

多少六朝兴废事，尽入渔樵闲话。 ... 121
赤壁矶头落照，淝水桥边衰草，渺渺唤人愁。 ... 123
追亡事、今不见，但山川满目泪沾衣。 ... 126
叹当年，寂寞贾长沙，伤时哭。 ... 129
追往事，叹今吾，春风不染白髭须。 ... 132
想当年，金戈铁马，气吞万里如虎。 ... 134

第8章 饮中天地 ... 137

劝君莫作独醒人，烂醉花间应有数。 ... 137
烛影摇红向夜阑，乍酒醒、心情懒。 ... 139
黄菊枝头生晓寒，人生莫放酒杯干。 ... 142
醉里插花花莫笑，可怜春似人将老。 ... 144
醉里挑灯看剑，梦回吹角连营。 ... 146

第9章 人间真情 ... 149

叹人生，最难欢聚易离别。 ... 149
对晚景，伤怀念远，新愁旧恨相继。 ... 152
相见争如不见，有情何似无情。 ... 155

相思本是无凭语，莫向花笺费泪行。。。。157

只愿君心似我心，定不负相思意。。。。159

不为捣衣勤不睡，破除今夜夜如年。。。。161

天便教人，霎时厮见何妨！。。。163

第10章 哲言警句 。。。166

丈夫志，当景盛，耻疏闲。。。。166

人有悲欢离合，月有阴晴圆缺，此事古难全。。。。169

众里寻他千百度，蓦然回首，那人却在，灯火阑珊处。。。。172

更无花态度，全有雪精神。。。。174

江头未是风波恶，别有人间行路难。。。。177

流光容易把人抛，红了樱桃，绿了芭蕉。。。。179

第1章 雨雪冰霜

> 余花落处,满地和烟雨。
>
> ——【北宋】林逋《点绛唇》

【佳句解析】

残花凋落的时候,春草落英与细雨轻烟融成一片。

【原作欣赏】

点 绛 唇

金谷年年①,乱生春色谁为主?余花落处,满地和烟雨。

又是离歌,一阕长亭暮。王孙去②,萋萋无数③,南北东西路。

注释

❶ **金谷**:即金谷园,指西晋富豪石崇在洛阳建造的一座奢华的别墅。征西将军祭酒王诩回长安时,石崇曾在此为其饯行,金谷因而成了送别、饯行之地的代称。

❷ **王孙**:贵人的子孙。这里指作者的朋友。

❸ **萋萋**:草盛貌。

佳句品读

这两句情境凄婉,写出了烟雨之中落花与春草幽寂之感,寄寓着作者无可奈何的惆怅情怀,也为下文写离别奠定了情感基调。

【作者简介】

林逋(967—1028),字君复,北宋诗人。据说其20多年足迹不至城市,种梅养鹤为伴,人称"梅妻鹤子"。

【佳句接龙】

余花落处,满地和烟雨。(【北宋】林逋《点绛唇》)➡ 雨过槐

阴绿净,女墙外、杨柳丝 ⬤ 。(【南宋】葛长庚《满庭芳》)➡ 罗

小·扇扑流萤,微云度汉思牛 ⬤ 。(【北宋】贺铸《思牛女》)➡ 墙

月色自荒荒,尽平寸 ⬤ (【南宋】王奕《西河》)➡ ⬤ 润栖新燕,

笼深锁旧 ⬤ 。(【南宋】张辑《断肠声》)➡ 声恰恰娇,草色纤

纤 ⬤ 。(【南宋】王千秋《生查子》)➡ ⬤ 柳成阴,残花双 ⬤ 。(【北宋】

杜安世《踏莎行》)➡ 低杨柳楼心月,歌尽桃花扇影 ⬤ 。(【北

宋】晏几道《鹧鸪天》)➡ ⬤ 月佳时,蓬岛开平 ⬤ 。(【南宋】王庭珪《点

绛唇》)➡ ⬤ 暖风和,犹未菊开黄。(【北宋】李纲《江城子》)

答案：余花落处,满地和烟雨。→雨过槐阴绿净,女墙外、杨柳丝轻。→轻罗小扇扑流萤,微云度汉思牛女。→女墙月色自荒荒,尽平寸垒。→垒润栖新燕,笼深锁旧莺。→莺声恰恰娇,草色纤纤嫩。→嫩柳成阴,残花双舞。→舞低杨柳楼心月,歌尽桃花扇影风。→风月佳时,蓬岛开平地。→地暖风和,犹未菊开黄。

趣味宋词

宋词中的动物（一）

请在下列各句宋词的括号内填入动物的名称。

① 谁似花翁,长年湖海,骞（　　）弊裘。

② （　　）穴梦魂人世,杨花踪迹风中。

③ 天际江流东注,云中塞（　　）南翔。

④ 春雨过,绿阴是处,时有（　　）声。

⑤ 结伴踏青,趁（　　）双飞。

⑥ 小窗明、疏（　　）浅照。

⑦ （　　）嘶霜滑,桥横路转,人依古柳。

⑧ 堪笑利锁名缰,向（　　）角上,所争何事。

⑨ 抚（　　）扪松长叹息,失足误来人世。

⑩ 今岁好,土（　　）作伴,挽留春色同来。

答案：① 驴　② 蚁　③ 雁　④ 莺　⑤ 蝴蝶　⑥ 萤　⑦ 马
⑧ 蜗牛　⑨ 鹤　⑩ 牛

> 柳外轻雷池上雨,雨声滴碎荷声。
>
> ——【北宋】欧阳修《临江仙》

【佳句解析】

隐隐轻雷从杨柳那边传过来,池塘上随即下起了雨,雨点打在荷叶上,发出了细碎声响。

【原作欣赏】

临江仙

柳外轻雷池上雨,雨声滴碎荷声。小楼西角断虹明。阑干倚处,待得月华生①。　燕子飞来窥画栋,玉钩垂下帘旌②。凉波不动簟纹平③。水精双枕④,旁有堕钗横。

注释

① **月华**:月光、月色之美丽。这里指月亮。
② **帘旌**(jīng):帘幕。
③ **簟**(diàn):竹席。
④ **水精**:即水晶。

佳句品读

这两句写夏季轻雷阵雨之景,清新自然,用语恰切:"轻雷"不仅点明并非霹雳之雷,也点出了因杨柳之隔而使雷声减弱;两个"声"字叠用,以"滴碎"连接,则形容出了阵雨滴荷的清晰之声。

【作者简介】

欧阳修（1007—1072），字永叔，号醉翁，晚号六一居士，北宋政治家、文学家。他是北宋古文运动的代表人物，为"唐宋八大家"之一，著有《欧阳文忠公集》等。

【佳句接龙】

柳外轻雷池上雨，雨声滴碎荷声。（【北宋】欧阳修《临江仙》）➡ 声声肠欲断，和我也、泪珠点点成。（【北宋】刘焘《转调满庭芳》）➡ 流无用，离魂空断，只挠凄凉为。（【南宋】赵师侠《鹊桥仙·同敖国华饮，闻啼鹃，即席作》）➡ 愁如海，须把金尊销。（【北宋】李纲《感皇恩》）➡ 却君王天下事，赢得生前身后。（【南宋】辛弃疾《破阵子·为陈同甫赋壮词以寄之》）➡ 缰易绊，征尘难浣，极目销。（【南宋】赵孟坚《朝中措·客中感春》）➡ 梦阳台迷暮雨，丰姿洛浦挹仙。（【南宋】赵希蓬《瑞鹧鸪》）➡ 烟伴憔悴，冷落吴宫，草暗花。（【南宋】张炎《国香·赋兰》）➡ 深饮，任玉山醉倒，明月扶。（【南宋】吴景伯《沁园春·登凤凰台》）➡ 来湖山付得，依旧闲心。（【北宋】仲殊《念奴娇》）

答案：柳外轻雷池上雨，雨声滴碎荷声。→声声肠欲断，和我也、泪珠点点成血。→血流无用，离魂空断，只挠凄凉为旅。→旅愁如海，须把金尊销了。→了却君王天下事，赢得生前身后名。→名缰易绊，征尘难浣，极目销魂。→魂梦阳台迷暮雨，丰姿洛浦挹仙风。→风烟伴憔悴，冷落吴宫，草暗花深。→深深饮，任玉山醉倒，明月扶归。→归来湖山付得，依旧闲心。

宋词谜语

残花凋谢（打一句宋词）

谜底：零落成泥碾作尘

破暖轻风，弄晴微雨，欲无还有。

——【北宋】秦观《水龙吟》

【佳句解析】

欲无还有的轻风微雨，好像在拂破暖意、逗弄晴天。

【原作欣赏】

水龙吟

小楼连苑横空，下窥绣毂雕鞍骤①。朱帘半卷，单衣初试，清明时候。破暖轻风，弄晴微雨，欲无还有。卖花声过尽，斜阳院落，红成阵，飞鸳鸯②。　玉佩丁东别后，怅佳期、参差难又。名缰利锁，天还知道，和天也瘦。花下重门，柳边深巷，不堪回首。念多情、但有当时皓月，向人依旧。

注释

1. **绣毂雕鞍**：指盛装华丽的车马。
2. **鸳甃**（zhòu）：用对称的砖垒起的井壁。

佳句品读

清明时候的天气捉摸不定，乍暖还寒、才晴又雨，正如词中主人公的感情，"欲无还有"、幽微深细，词人对此体察得十分细腻，描摹也十分传神。

【作者简介】

秦观（1049—1100），字少游，一字太虚，号淮海居士，北宋词人，"苏门四学士"之一。其词工巧精细，音律谐美，情韵兼胜，著有《淮海集》《淮海居士长短句》等。

【佳句接龙】

破暖轻风，弄晴微雨，欲无还有。【北宋】秦观《水龙吟》

➡ 有时乘兴，波上叶舟 。【北宋】晁元礼《满庭芳》 ➡ 舟破

幽径，倾襟都 。【北宋】黄裳《满江红·东湖观莲》 ➡ 眼重看十

桂，转头已过三 。【南宋】郭应祥《西江月》 ➡ 到天空阔，浩

气与云 。【南宋】吴潜《水调歌头·题烟雨楼》 ➡ 生幻境，向来

识破，那堪又 。【南宋】张镃《水龙吟》 ➡ 子年来，颇自许、

心肠铁○。(【南宋】刘克庄《满江红·二月廿四夜海棠花下作》) ➡ ○上一

般清意味,不羡渔○。(【南宋】张炎《浪淘沙·题许由掷瓢手卷》) ➡ ○

衣未必清贵,不肯换金○。(【北宋】俞紫芝《阮郎归》) ➡ ○台旧

路,杨柳春深。(【南宋】刘镇《柳梢青·戏简高菊涧》)

答案:破暖轻风,弄晴微雨,欲无还有。→有时乘兴,波上叶舟轻。→轻舟破幽径,烦襟都洗。→洗眼重看十桂,转头已过三秋。→秋到天空阔,浩气与云浮。→浮生幻境,向来识破,那堪又老。→老子年来,颇自许、心肠铁石。→石上一般清意味,不羡渔蓑。→蓑衣未必清贵,不肯换金章。→章台旧路,杨柳春深。

问春何苦匆匆,带风伴雨如驰骤。

——【北宋】晁补之《水龙吟·次韵林圣予惜春》

【佳句解析】

请问春天何苦这样来去匆匆,夹风带雨好似骏马急驰。

【原作欣赏】

水龙吟·次韵林圣予惜春

问春何苦匆匆,带风伴雨如驰骤。幽葩细萼①,小园低槛,壅培未就。吹尽繁红,占春长久,不如垂柳。算春长不老,人愁春老,愁只是、人间有。　　春恨十常八九,忍轻孤②、芳醪经口③。那知自是④,桃花结子,不因春瘦。世上功名,老来风味⑤,春归时候。纵樽前痛饮,狂歌似旧,情难依旧。

注释

① 幽葩(pā)：清幽的花朵。
② 孤：辜负。
③ 芳醪(láo)：芳醇的美酒。
④ 自是：本是，原来是。
⑤ 风味：风度，风采。

佳句品读

这两句写春天挟风带雨匆匆而过，"何苦"二字似乎透出一种对春天"驰骤"而去的责问，其实言外之意是人之"惜春"，关键并非在春去匆匆，正如下文所云，只是人们自己多愁善感罢了。

【作者简介】

晁补之（1053—1110），字无咎，号归来子，为"苏门四学士"（另为北宋诗人黄庭坚、秦观、张耒）之一。他工书画，能诗词，善属文，著有《晁氏琴趣外篇》《鸡肋集》等。

【佳句接龙】

问春何苦匆匆，带风伴雨如驰骤。（【北宋】晁补之《水龙吟·次韵林圣予惜春》）➡ 骤暖忽寒，送春迎。（【南宋】郭应祥《踏莎行·三月二十日元择句会》）➡ 簟青青白昼长，背倚阑干。（【南宋】黄机《卜算子·柬赵金》）➡ 苍茫俯仰，漫悲身。（【南宋】袁去华《满江红·都下作》）→ 上渊明酒，人间陆羽○。（【南宋】赵磻老《南柯子·和洪丞相约赏荷花》）→ 瓯罢，问几回吟绕，冷淡相○。（【南宋】吴渊《沁园春·梅》）→ 尽人间桃李、拂衣○。（【北宋】朱敦儒《沙塞子·大悲、再作》）→ 来廊庙，从容进退，祖风犹○。（【南宋】李曾伯《水龙吟·甲午寿尤制使》）→ 世间、肉眼莫教看，非渠○。（【南宋】李曾伯《满江红·甲午宜兴赋僧舍墨梅》）→ 人青眼，慨然怜我疏拙。（【南宋】辛弃疾《念奴娇·赠夏成玉》）

答案：问春何苦匆匆，带风伴雨如驰骤。→骤暖忽寒，送春迎夏。→夏箪青青白昼长，背倚阑干立。→立苍茫俯仰，漫悲身世。→世上渊明酒，人间陆羽茶。→茶瓯罢，问几回吟绕，冷淡相看。→看尽人间桃李、拂衣归。→归来廊庙，从容进退，祖风犹有。→有世间、肉眼莫教看，非渠识。→识人青眼，慨然怜我疏拙。

马滑霜浓，不如休去，直是少人行。

——【北宋】周邦彦《少年游》

【佳句解析】

道路凝结了浓霜，马蹄会打滑，不如不要回去，街上已经很少有人走动了。

【原作欣赏】

少 年 游

并刀如水①,吴盐胜雪②,纤指破新橙。锦幄初温③,兽香不断④,相对坐调笙。 低声问,向谁行宿⑤?城上已三更。马滑霜浓,不如休去,直是少人行⑥。

注释

❶ **并刀**:并州出产的剪刀。**如水**:形容剪刀的锋利。
❷ **吴盐**:吴地所出产的洁白细盐。
❸ **幄**:帐。
❹ **兽香**:兽形香炉中升起的细烟。
❺ **谁行**(háng):谁那里。
❻ **直是**:就是。

佳句品读

女子想要挽留男子,说的话却很委婉,前面问了男子接下来的行程,又提醒已经夜深,接着先说道路结霜会让马蹄打滑,一片为对方着想的柔情,然后再说出自己的心思,希望他留下,最后还要说到街上已经没有多少行人,为挽留再多一点说服力,似乎能让人看到她软语相留、缠绵悱恻的情态。

【作者简介】

周邦彦(1056—1121),字美成,自号清真居士,北宋末期词学大家。其词典丽精雅,尤擅长调,曾创制不少新词调,著有《片玉词》等。

【佳句接龙】

马滑霜浓，不如休去，直是少人行。（【北宋】周邦彦《少年游》）

→行路永，客去车尘漠○。（【北宋】周邦彦《瑞鹤仙》）→ 漠愁

阴岭上云，萧萧别意溪边○。（【南宋】张孝祥《踏莎行·送别刘子思》）

→○边风色寒滋味，愁里年华雁信○。（【南宋】高观国《思佳客》）

→○尘远，楚天危楼独○。（【南宋】陆游《月上海棠·成都城南有蜀王旧苑，尤多梅，皆二百余年古木》）→○楼无语欲销魂，柳外飞来双羽

○。（【北宋】秦观《玉楼春·集句》）→○兔秋毫可数，疏星外、乌

鹊南○。（【南宋】袁去华《满庭芳·八月十六日醴陵作》）→○云特地凝

愁，做弄晚来微○。（【南宋】谢懋《石州引·别恨》）→○过云峰净，

天高水镜○。（【南宋】姚述尧《南歌子》）→○湖阁上，正残虹挂

雨，微云擎月。（【南宋】石孝友《念奴娇》）

答案：马滑霜浓，不如休去，直是少人行。→行路永，客去车尘漠漠。→漠漠愁阴岭上云，萧萧别意溪边树。→树边风色寒滋味，愁里年华雁信音。→音尘远，楚天危楼独倚。→倚楼无语欲销魂，柳外飞来双羽玉。→玉兔秋毫可数，疏星外、乌鹊南飞。→飞云特地凝愁，做弄晚来微雨。→雨过云峰净，天高水镜平。→平湖阁上，正残虹挂雨，微云擎月。

趣味宋词

宋词中的动物（二）

请在下列各句宋词的括号内填入动物的名称。

① 回首驱（　　）旧节，入蔡奇兵，等闲陈迹。
② 阑干侧畔，闲抛荔子，惊散（　　）。
③ 背月移舟，乱（　　）溪树晓。
④ 问当时游（　　），应笑古台非。
⑤ 西风吹锦水、朝天路、冉冉两（　　）飞。
⑥ 少知音者，苍烟吾社，白（　　）吾侣。
⑦ 向晚（　　）风，断送彩帆何处。
⑧ 白（　　）欲栖飞不下，却入苍烟。
⑨ 莼菜（　　）都弃了，只换得、青衫尘土。
⑩ 桃花流水（　　）肥，恰趁得、江天佳处。

答案：① 羊　② 鸳鸯　③ 鸦　④ 鹿　⑤ 凫　⑥ 鸥　⑦ 鲤鱼
　　　⑧ 鹭　⑨ 鲈鱼　⑩ 鳜鱼

> 梧桐更兼细雨,到黄昏、点点滴滴。
>
> ——【南宋】李清照《声声慢》

【佳句解析】

黄昏时又下起了绵绵细雨,点点滴滴洒落在梧桐叶上。

【原作欣赏】

声 声 慢

寻寻觅觅,冷冷清清,凄凄惨惨戚戚。乍暖还寒时候①,最难将息②。三杯两盏淡酒,怎敌他晚来风急③?雁过也,正伤心,却是旧时相识。 满地黄花堆积④,憔悴损,如今有谁堪摘⑤?守着窗儿,独自怎生得黑⑥!梧桐更兼细雨,到黄昏、点点滴滴。这次第⑦,怎一个愁字了得!

注释

❶ **乍暖还寒**:谓天气忽冷忽暖。
❷ **将息**:调养休息。
❸ **晚来**:一本作"晓来"。
❹ **黄花**:菊花。
❺ **有谁堪摘**:有谁来采摘。
❻ **怎生**:怎样,如何。
❼ **这次第**:这情形,这光景。

佳句品读

此词是李清照后期作品,当时她处于国破家亡、颠沛流离的凄凉境况中,因此下笔之时百感交集,诸种哀愁徘徊不去。这两句以黄昏时雨滴梧桐衬托愁绪,融情于景,十分感人。

【作者简介】

李清照(1084—1155),号易安居士,南宋著名女文学家,婉约词派代表。著有《易安居士文集》《易安词》等。

【佳句接龙】

梧桐更兼细雨,到黄昏、点点滴滴。(【南宋】李清照《声声慢》)

➡ 滴滴金盘露冷,萧萧玉宇风。(【北宋】谢逸《西江月·代人上许守生日》)➡ 风明月,君无我弃,我不君。(【北宋】王之道《朝中措·和孔倅郡斋新栽竹》)➡ 星明耿耿,银汉静无。(【北宋】王之道《临江仙·和刘南伯》)➡ 静明如染,山光翠欲。(【北宋】杨无咎《南歌子·己未和韵》)➡ 光又是,宫衣初试,安榴半。(【南宋】卢祖皋《水龙吟·淮西重午》)➡ 舒桃脸今朝雨,零落梅妆昨夜。(【南宋】刘学箕《鹧鸪天·发舟安康,朋游见留,往复三用韵》)➡ 流种柳渊明,折腰

五斗，身为名⬡。（【南宋】赵必瑑《宴清都·舟中思家用美成韵》）➔ ⬡恨

斜阳，冉冉催人⬡。（【北宋】周邦彦《点绛唇》）➔ 日梅开烂熳，

归时秋满山川。（【南宋】赵师侠《朝中措·乙未中秋麦湖舟中》）

答案：梧桐更兼细雨，到黄昏、点点滴滴。→滴滴金盘露冷，萧萧玉宇风清。→清风明月，君无我弃，我不君疏。→疏星明耿耿，银汉静无波。→波静明如染，山光翠欲流。→流光又是，宫衣初试，安榴半吐。→吐舒桃脸今朝雨，零落梅妆昨夜风。→风流种柳渊明，折腰五斗，身为名苦。→苦恨斜阳，冉冉催人去。→去日梅开烂熳，归时秋满山川。

宋词故事

人比黄花瘦

李清照生于官宦之家，与赵明诚婚后夫妻相得，因此她前期的词多写个人的闲适生活，格调清丽明快。

有一次李清照写了《醉花阴》一词，寄给身在外地的赵明诚。他看到后十分叹赏，自愧不如，但又想着一定要胜过妻子，于是谢绝宾客，废寝忘食三日三夜，填了五十首新词，然后将李清照的《醉花阴》混在其中，请友人陆德夫品评。陆德夫再三吟赏，说道："只有三句绝佳。"赵明诚问是哪三句，他答道："莫道不消魂，帘卷西风，人比黄花瘦。"正是李清照所作。

> 卷地朔风凛凛，漫天瑞雪霏霏。
>
> ——【南宋】张抡《西江月·咏冬十首之三》

【佳句解析】

寒风凛冽，卷地而来；瑞雪纷扬，漫天飞舞。

【原作欣赏】

西江月·咏冬十首之三

卷地朔风凛凛，漫天瑞雪霏霏①。园林万木变枯枝。因甚松篁独翠②。　　只为春花竞发，却教秋叶争飞。若无荣盛便无衰。悟此方名达理。

注释

❶ 霏霏：（雨、雪）纷飞；（烟、云等）很盛。
❷ 篁：竹林，泛指竹子。

佳句品读

风力猛烈，雪借风势，雪花才会被吹得漫天纷飞，这两句将冬天大风大雪、风雪交加的景象描绘得栩栩如生。

【作者简介】

张抡（生卒年不详），字才甫，自号莲社居士，南宋人。好填词，每应制进一词，宫中即付之丝竹，著有《莲社词》等。

【佳句接龙】

卷地朔风凛凛,漫天瑞雪霏霏。(【南宋】张抡《西江月·咏冬十首之三》)→霏霏脉脉,不是不多情,金帐暖,玉堂深,却怪音尘〇。(【南宋】何梦桂《暮山溪·再用韵》)→杳谁知,包含造化,忽作人间〇。(【北宋】黄裳《永遇乐·玩雪》)→脑香消魂梦断,辟寒金小髻鬟〇。(【南宋】李清照《浣溪沙》)→柏渐成趣,红紫勿齐〇。(【北宋】李弥逊《水调歌头·次李伯纪春日韵》)→花借水,信天姿高胜,都无俗〇。(【南宋】王千秋《念奴娇·水仙》)→天心,膺帝眷,极褒〇。(【南宋】赵师侠《水调歌头·龙帅宴王公明》)→景清明渐近,时节轻寒乍暖,天气才晴又〇。(【北宋】柳永《西平乐》)→〇歇方塘,清圆一一风荷〇。(【南宋】杨泽民《点绛唇·集句》)→〇酒送飞云,夜凉愁梦频。(【北宋】米芾《菩萨蛮·拟古》)

答案:卷地朔风凛凛,漫天瑞雪霏霏。→霏霏脉脉,不是不多情,金帐暖,玉堂深,却怪音尘杳。→杳杳谁知,包含造化,忽作人间瑞。→瑞脑香消魂梦断,辟寒金小髻鬟松。→松柏渐成趣,红紫勿齐开。→开花借水,信天姿高胜,都无俗格。→格天心,膺帝眷,极褒嘉。→嘉景清明渐近,时节轻寒乍暖,天气才晴又雨。→雨歇方塘,清圆一一风荷举。→举酒送飞云,夜凉愁梦频。

满园春色关不住（打一句宋词）

谜底：出墙红杏花

腊月到盘洲，寒重层冰结。

——【南宋】洪适《生查子》

【佳句解析】

腊月里来到盘洲，天寒地冻，冰结了一层又一层。

【原作欣赏】

生 查 子

腊月到盘洲，寒重层冰结①。试去探梅花，休把南枝折。
顷刻暗同云，不觉红炉热。隐隐绿蓑翁②，独钓寒江雪。

❶ 层冰结：结冰成层，指冰结得厚。
❷ 蓑：蓑衣，用草或棕毛制成的雨衣。

佳句品读

冬日严寒，水冻成冰，这冰不是薄冰，而是层层结冰，可见天气寒冷到了何种程度，将"腊月""寒重"的时节特点描绘得具体鲜明。

【作者简介】

洪适（1117—1184），初名造，字温伯，又字景温，入仕后改名适，字景伯，晚年自号盘洲老人，南宋金石学家、诗人、词人。著有《盘洲文集》等。

【佳句接龙】

腊月到盘洲，寒重层冰结。（【南宋】洪适《生查子》）➡ 结庐

胜境，似旧日曾游，玉连佳。（【南宋】赵文《扫花游·李仁山别墅》）

➡ 处欢谣载路，时时秀句盈。（【南宋】京镗《雨中花·次阎侍郎韵》）➡ 中欲试紫金丹，待点化、鸾红凤。（【北宋】朱敦儒《鹊桥仙》）➡ 空寥廓，瑞星银汉争。（【北宋】朱敦儒《念奴娇·垂虹亭》）➡ 鹭飞来，点破一川明。（【南宋】赵师侠《凤凰阁·己酉归舟衡阳作》）➡ 杨影里，海棠亭畔，红杏梢。（【南宋】朱淑真《眼儿媚》）➡ 白鸳鸯，不道分飞。（【南宋】刘镇《蝶恋花·丁丑七夕》）➡ 留人，娇不尽，曲眉。（【北宋】毛滂《最高楼·春恨》）➡

头还说向,被召又重来。(【南宋】辛弃疾《临江仙·停云偶作》)

答案: 腊月到盘洲,寒重层冰结。→结庐胜境,似旧日曾游,玉连佳处。→处处欢谣载路,时时秀句盈囊。→囊中欲试紫金丹,待点化、鸾红凤碧。→碧空寥廓,瑞星银汉争白。→白鹭飞来,点破一川明绿。→绿杨影里,海棠亭畔,红杏梢头。→头白鸳鸯,不道分飞苦。→苦留人,娇不尽,曲眉低。→低头还说向,被召又重来。

宋词中的动物(三)

请在下列各句宋词的括号内填入动物的名称。

① 千载今朝,笑看池面,(　　)戏青荷。
② 为报倾城随太守,亲射(　　),看孙郎。
③ 鲁酒千杯人不醉,臂(　　)健卒马如飞。
④ 庭有驯禽,村无吠(　　),稻黄连陌。
⑤ (　　)敢横道,草木要知名。
⑥ 骑(　　)赤手,问如何、长鞭尺捶。
⑦ 玉(　　)呼不应,难觅臼中丹。
⑧ 怕公去、(　　)嗥舞。
⑨ 石根清气千年润,覆孤松、深护啼(　　)。
⑩ 梦破(　　)窥灯,霜送晓寒侵被。

答案: ①龟 ②虎 ③鹰 ④犬 ⑤豺狼 ⑥鲸 ⑦兔 ⑧狐狸 ⑨猿 ⑩鼠

第2章 草木生灵

春色将阑,莺声渐老,红英落尽青梅小。

——【北宋】寇准《踏莎行·春暮》

【佳句解析】

春光将逝,莺声渐渐不闻,繁花落尽,小小青梅已在枝头。

【原作欣赏】

踏莎行·春暮

春色将阑①,莺声渐老,红英落尽青梅小。画堂人静雨蒙蒙,屏山半掩余香袅②。　密约沉沉③,离情杳杳④,菱花尘满慵将照⑤。倚楼无语欲销魂,长空黯淡连芳草。

① **阑**:晚,尽。这里是说春光即将逝去。
② **屏山**:屏风。**袅**:指炉烟缭绕上升。
③ **密约**:这里指终身之约。**沉沉**:深沉。
④ **杳杳**:幽远。
⑤ **菱花**:这里指镜子。

佳句品读

与一般伤春感怀作品不同,本词起笔并没有直接渲染悲伤的感情,而是由所闻写到所见,在清幽委婉的情致中点出了全词的时节、氛围,虽写景而情寓景中。

【作者简介】

寇準(961—1023),字平仲,北宋政治家。著有《寇莱公集》。

【佳句接龙】

春色将阑,莺声渐老,红英落尽青梅小。(【北宋】寇準《踏莎行·春暮》)➡ 小艇载人来,约尊酒、商量歧 。(【北宋】张先《山亭宴·湖亭宴别》)➡ 隔银河犹解、嫁西 。(【北宋】向子諲《相见欢》)➡ 波平地,尘埃扑面,总是争名竞 。(【南宋】赵师侠《鹊桥仙·归舟过六和塔》)➡ 锁名缰,古今同是,谁失知谁 。(【南宋】陈三聘《念奴娇》)➡ 意东风去棹,怎怜会重离 。(【南宋】吴文英《木兰花慢·施芸隐随绣节过浙东,作词留别,用其韵以饯》)➡ 寒画眉 尚懒,想留连、一线枕痕 。(【南宋】仇远《木兰花慢》)➡ 雾云鬟,清辉玉臂,醉了愁重 。(【南宋】范端臣《念奴娇》)➡ 时分付两三枝,酒后忆君清梦 。(【北宋】莫将《木兰花·望梅》)➡

处冷烟寒雨、为君愁。(【北宋】毛滂《虞美人·官妓有名小者,坐中乞词》)

答案： 春色将阑,莺声渐老,红英落尽青梅小。→小艇载人来,约尊酒、商量歧路。→路隔银河犹解、嫁西风。→风波平地,尘埃扑面,总是争名竞利。→利锁名缰,古今同是,谁失知谁得。→得意东风去棹,怎怜会重离轻。→轻寒画眉尚懒,想留连、一线枕痕香。→香雾云鬟,清辉玉臂,醉了愁重醒。→醒时分付两三枝,酒后忆君清梦到。→到处冷烟寒雨、为君愁。

宋词谜语

不解之谜（打一句宋词）

谜底：更无人知得

无可奈何花落去,似曾相识燕归来。

——【北宋】晏殊《浣溪沙》

【佳句解析】

无可奈何之中,花朵正在凋落,而似曾见过的燕子,如今又飞回来了。

【原作欣赏】

浣溪沙

一曲新词酒一杯,去年天气旧亭台①。夕阳西下几时回？无可奈何花落去,似曾相识燕归来。小园香径独徘徊②。

❶ 去年天气旧亭台：这里指天气、亭台都和去年一样。
❷ 香径：带着幽香的园中小径。

佳句品读

这两句工巧浑成，韵谐意深，一向被称为名对。人世光阴，如同花开花落一样不由自主，所以"无可奈何"；前尘旧事，就像燕去燕回一般若幻若真，所以"似曾相识"。渗透其中的是淡然而深婉的人生怅叹，令人读之深为所动。

【作者简介】

晏殊（991—1055），字同叔，北宋著名词人。他工诗善文，尤擅小令，风格含蓄婉丽，著有《珠玉词》等。

【佳句接龙】

无可奈何花落去，似曾相识燕归来。（【北宋】晏殊《浣溪沙》）

➡ 来时燕栖未稳，满耳又蝉　。（【南宋】刘辰翁《水调歌头·和尹存吾》）

➡ 　不断，楼头　。（【南宋】黄公绍《满江红·花朝雨作》）➡ 尽真

珠，如今无泪　。（【南宋】王炎《梅花引》）➡ 钓处、月明风细，水

清山　。（【南宋】方有开《满江红·钓台》）➡ 阴深蔽日，𪀗鹛　。

（【北宋】贺铸《璧月堂·小重山》）➡ 叶缤纷，碧江清浅，锦水秋　。

（【北宋】杨无咎《永遇乐》）→云千里伤心处,那更乱蝉疏。（【南宋】刘克庄《摸鱼儿》）→条绿丝软,雪花〇。（【北宋】杜安世《朝玉阶》）

舟短棹任斜横,醒后不知何处。（【北宋】苏轼《渔父》）

答案：无可奈何花落去,似曾相识燕归来。→来时燕栖未稳,满耳又蝉声。→声不断,楼头滴。→滴尽真珠,如今无泪垂。→垂钓处、月明风细,水清山绿。→绿阴深蔽日,啭鹂黄。→黄叶缤纷,碧江清浅,锦水秋暮。→暮云千里伤心处,那更乱蝉疏柳。→柳条绿丝软,雪花轻。→轻舟短棹任斜横,醒后不知何处。

宋词故事

父子词人"二晏"

晏殊早慧,几岁就能作诗,14岁时因神童之名被举荐,时值宋真宗亲自考试进士,便令他一起参试,晏殊一见试题,就说道:"臣十日前已作此赋,有赋稿尚在,请另出其他题目。"真宗很喜欢他的诚实,于是赐同进士出身。晏殊历任要职,范仲淹、欧阳修等名臣都出自其门下,他一生富贵优游,反映在其词作中,就形成了典雅婉丽、音律和谐的特色。

而晏殊的第七个儿子晏几道孤高自傲,不肯利用父亲和其门生故旧的权势为自己谋取功名,因此一生仕途困顿。黄庭坚说晏几道平生有四痴:"仕宦连蹇,而不能一傍贵人之门,是一痴也;论文自有体,不肯作一新进士语,又一痴也;费资千百万,家人寒饥,而面有孺子之色,此又一痴也;人百负之而不恨,己信人,终不疑其欺己,此又一痴也。"正因为社会地位和人生遭遇的不同,所以晏几道词风虽然接近晏殊,但当时及后世都认为其词造诣在晏殊之上,就连认为"作文害道"的北宋理学家程颐,听到别人诵晏几道的词"梦魂惯得无拘检,又踏杨花过谢桥",都叹道:"这真是鬼语啊。"言下之意颇为称赏。

> 柳径无人,堕絮飞无影。
>
> ——【北宋】张先《剪牡丹·舟中闻双琵琶》

【佳句解析】

柳林小径没有人影,唯有轻絮飘舞,在地上不留一点影子。

【原作欣赏】

剪牡丹·舟中闻双琵琶

野绿连空,天青垂水,素色溶漾都净①。柳径无人,堕絮飞无影。汀洲日落人归②,修巾薄袂③,撷香拾翠相竞④。如解凌波⑤,泊烟渚春暝⑥。 彩绦朱索新整。宿绣屏、画船风定。金凤响双槽⑦,弹出今古幽思谁省。玉盘大小乱珠迸。酒上妆面,花艳眉相并⑧。重听。尽汉妃一曲,江空月静。

注释

1. **素色**:白色,指江水澄净。
2. **汀洲**:水中小洲。
3. **袂**:衣袖,这里指衣服。
4. **相竞**:互相竞争。
5. **凌波**:即踩水而行。
6. **烟渚**:雾气笼罩的洲渚。
7. **金凤**:代指琵琶,因弦柱上端刻凤为饰,故称。**双槽**:指两把琵琶。**槽**:指琵琶上架弦的格子。
8. **相并**:并排,并列。

佳句品读

张先世称"张三影",可见其善于用"影"字创造词境。这两句看似以平常语写眼中景,但"无影"二字将柳絮飞舞的轻盈飘忽描绘得形神俱出,也隐隐流露出一种生命短暂、命运无定之感。

【作者简介】

张先(990—1078),字子野,北宋著名词人。他善作慢词,与柳永齐名,其词造语工巧,著有《张子野词》等。

【佳句接龙】

柳径无人,堕絮飞无影。(【北宋】张先《剪牡丹·舟中闻双琵琶》)

➡ 影落清溪,应也魂〇。(【南宋】程垓《一剪梅》)➡ 息不来,

望得行云〇。(【南宋】程垓《凤栖梧》)➡ 云低锁荒台,凭阑四望

天垂。(【南宋】张榘《水龙吟·次韵虚斋先生雨花宴》)➡ 静未容去,

门掩不妨。(【南宋】李曾伯《水调歌头·再和》)➡ 瓦微听冰线响,

开窗候放风花。(【南宋】李曾伯《满江红·洪云岩、刘朔斋用韵》)➡

眼青红,小玲珑、飞檐度云微。(【南宋】吴文英《花心动·郭清华新轩》)

➡ 〇苔青,妖血碧,坏垣。(【南宋】罗志仁《金人捧露盘·丙午钱塘》)

➡ 〇入桃腮,青回柳眼,韶华已破三。(【北宋】王观《高阳台》)

➡ 〇明都是泪,泣柳沾花,常与骚人伴孤闷。(【北宋】李元膺《洞仙歌》)

答案：柳径无人,堕絮飞无影。→影落清溪,应也魂消。→消息不来,望得行云暮。→暮云低锁荒台,凭阑四望天垂地。→地静未容去,门掩不妨敲。→敲瓦微听冰线响,开窗倏放风花入。→入眼青红,小玲珑、飞檐度云微湿。→湿苔青,妖血碧,坏垣红。→红入桃腮,青回柳眼,韶华已破三分。→分明都是泪,泣柳沾花,常与骚人伴孤冈。

宋词谜语

回忆（打一句宋词）

谜底：暗将往事思量遍

沙上并禽池上暝,云破月来花弄影。

——【北宋】张先《天仙子》

【佳句解析】

黄昏之后,鸳鸯于池边沙上交颈双栖;夜风吹开云层,月光映照,花枝舞弄自己的倩影。

【原作欣赏】

天 仙 子

时为嘉禾小倅①,以病眠,不赴府会。

水调数声持酒听②,午醉醒来愁未醒。送春春去几时回?临晚镜③,伤流景④,往事后期空记省⑤。沙上并禽池上暝⑥,云破月来花弄影。重重帘幕密遮灯。风不定,人初静,明日落红应满径⑦。

注释

① 嘉禾:今浙江嘉兴市。倅(cuì):副职。张先时任判官。
② 水调:曲调名,相传为隋炀帝所制,唐宋时很流行。
③ 临晚镜:晚上对镜自照。
④ 流景:流逝的年华。
⑤ 记省:清楚地记得。
⑥ 并禽:成双成对的禽鸟,这里指鸳鸯。暝:天黑。
⑦ 落红:落花。

佳句品读

这两句是张先的名句,王国维曾说"着一'弄'字而境界全出矣",可见其炼句之巧妙,将夜中云开天际、月光映照花影之景描摹得十分传神。

【佳句接龙】

沙上并禽池上暝,云破月来花弄影。(【北宋】张先《天仙子》)

→ 影落波心,疑是海中　　。(【南宋】王庭珪《江城子》)→ 海波澄,棠阴日永,正宜坐啸雍　　。(【南宋】史浩《满庭芳·四明尊老会劝乡大夫酒》)→ 我时醒时醉,独泛微烟微雨,浩荡逐轻　　。(【南宋】仲并《水调歌头·浮远堂》)→ 鹭双双,恼乱行云　　。(【南宋】张锒《蝶恋花·南湖》）→ 落尊罍,气和歌管共清 。（【南宋】张元幹《望海潮·癸卯冬为建守赵季西赋碧云楼》）→ 丝有意苦相萦,垂柳无端争赠 。（【北宋】欧阳修《玉楼春》）→ 后谁绕前溪,手拣繁枝 。（【北宋】晏几道《六幺令》）→ 佩牵裾,燕样腰 。（【北宋】贺铸《摊破木兰花》）→ 寒似水,纤雨如尘。（【南宋】张抡《柳梢青》）

答案：沙上并禽池上暝,云破月来花弄影。→影落波心,疑是海中鲸。→鲸海波澄,棠阴日永,正宜坐啸雍容。→容我时醒时醉,独泛微烟微雨,浩荡逐轻鸥。→鸥鹭双双,恼乱行云影。→影落尊罍,气和歌管共清游。→游丝有意苦相萦,垂柳无端争赠别。→别后谁绕前溪,手拣繁枝摘。→摘佩牵裾,燕样腰轻。→轻寒似水,纤雨如尘。

❓ 宋 词 谜 语

骄（打一句宋词）

谜底：驿外断桥边

风老莺雏，雨肥梅子，午阴嘉树清圆。

——【北宋】周邦彦《满庭芳·夏日溧水无想山作》

【佳句解析】

夏风使雏莺长成，夏雨使梅子肥美，正午茂密的树下，圆形树荫笼罩地面。

【原作欣赏】

满庭芳·夏日溧水无想山作

风老莺雏，雨肥梅子，午阴嘉树清圆①。地卑山近②，衣润费炉烟③。人静乌鸢自乐④，小桥外、新绿溅溅⑤。凭栏久，黄芦苦竹⑥，疑泛九江船。　　年年，如社燕⑦，飘流瀚海⑧，来寄修椽⑨。且莫思身外⑩，长近尊前。憔悴江南倦客，不堪听、急管繁弦。歌筵畔，先安簟枕，容我醉时眠。

注释

① **午阴嘉树清圆**：正午绿树的阴影清晰而圆。
② **卑**：低。
③ **炉**：熏炉，用来燃香去潮湿之气。
④ **乌鸢**：泛指飞禽。
⑤ **新绿**：指河水。
⑥ **黄芦苦竹**：白居易《琵琶行》："住近湓江地低湿，黄芦苦竹绕宅生。"这句和"地卑山近"都是说自己所住的地方和白居易谪居江州时所住的地方很相似。
⑦ **社燕**：燕子春社（社：古时祭祀土神的日子，一般在立春、立秋后第五个戊日，间或有四时致祭者）时飞来，秋社时归去，故称。
⑧ **瀚海**：沙漠。这里泛指遥远、荒僻的地方。
⑨ **寄**：托身。**修椽**：长的椽子。
⑩ **身外**：指功名利禄等。

佳句品读

"老"字、"肥"字皆以形容词作动词用，极其生动；时值中午，阳光直射，树荫亭亭如盖，"圆"字生动描绘出绿树葱茏茂密的形象。

【佳句接龙】

风老莺雏，雨肥梅子，午阴嘉树清圆。（【北宋】周邦彦《满庭芳·夏日溧水无想山作》）→圆缺不销青冢恨，漠漠风沙如▢。（【南宋】刘辰翁《酹江月·漫兴》）→▢里疏梅，霜头寒菊，迥与余花▢。（【南宋】辛弃疾《念奴娇·赠夏成玉》）→▢后相思，记敏政堂前▢。（【南宋】辛弃疾《惜奴娇·戏同官》）→▢丝轻度流莺，画栋低飞乳▢。（【南宋】赵师侠《扑蝴蝶》）→▢子不知愁，惊堕黄昏▢。（【南宋】史达祖《海棠春令》）→▢痕揾遍鸳鸯枕，重绕回▢。（【北宋】晏几道《采桑子》）→▢庙补天手，夷夏想威▢。（【南宋】徐鹿卿《水调歌头·快阁上绣使萧大著》）→▢动缙绅，况文章政术，俱是家▢。（【北宋】晁元礼《黄鹂绕碧树》）→▢芳意、东君信任。（【北宋】晁元礼《脱银袍》）

答案：风老莺雏，雨肥梅子，午阴嘉树清圆。→圆缺不销青冢恨，漠漠风沙如雪。→雪里疏梅，霜头寒菊，迥与余花别。→别后相思，记敏政堂前柳。→柳丝轻度流莺，画栋低飞乳燕。→燕子不知愁，惊堕黄昏泪。→泪痕揾遍鸳鸯枕，重绕回廊。→廊庙补天手，夷夏想威名。→名动缙绅，况文章政术，俱是家传。→传芳意、东君信任。

宋词谜语

春风秋月等闲度（打一句宋词）

谜底：应是良辰好景虚设

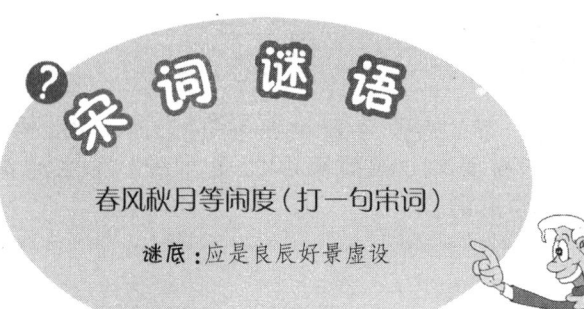

长条故惹行客，似牵衣待话，别情无极。

——【北宋】周邦彦《六丑·蔷薇谢后作》

【佳句解析】

蔷薇细长的枝条故意撩拨将要远行的人，像牵住衣衫有话要讲，惜别的情感悱恻缠绵。

【原作欣赏】

六丑·蔷薇谢后作

正单衣试酒①，怅客里②、光阴虚掷。愿春暂留，春归如过翼③，一去无迹。为问花何在，夜来风雨，葬楚宫倾国④。钗钿堕处遗香泽⑤，乱点桃蹊，轻翻柳陌⑥。多情为谁追惜？但蜂媒蝶使⑦，时叩窗槅⑧。　　东园岑寂⑨，渐蒙笼暗碧⑩。静绕珍丛底⑪，成叹息。长条故惹行客，似牵衣待话，别情无极⑫。残英小⑬、强簪巾帻⑭。终不似、一朵钗头颤袅⑮，向人欹侧⑯。漂流处、莫趁潮汐⑰。恐断红、尚有相思字，何由见得⑱？

① **试酒**：品尝新酿成的酒。
② **怅**：惆怅，愁闷。**客里**：客游他乡之时。
③ **过翼**：飞过的鸟。**翼**：鸟翅，这里代指鸟。
④ **夜来风雨，葬楚宫倾国**：以美人比落花，意思是夜里的风雨把蔷薇花都埋葬了。**倾国**：美人的代称。汉乐府《李延年歌》："北方有佳人，绝世而独立。一顾倾人城，再顾倾人国。宁不知倾城与倾国，佳人难再得！"
⑤ **钗钿堕处遗香泽**：以美人的钗钿坠落形容蔷薇花飘落。**钿**：一种嵌花的首饰。**香泽**：香气。
⑥ **乱点桃蹊，轻翻柳陌**：形容落花飞舞的样子。**蹊**：小路。**陌**：小道。
⑦ **但**：只有。**蜂媒蝶使**：蜜蜂、蝴蝶往来花丛之中，像是花的媒人和使者。
⑧ **窗槅（gé）**：窗子。**槅**：窗上用木条制成的格子。
⑨ **岑寂**：冷清，寂寞。
⑩ **蒙笼**：草木茂盛繁密的样子。**暗碧**：暗绿色。
⑪ **珍丛**：指蔷薇花丛。
⑫ **长条故惹行客，似牵衣待话，别情无极**：蔷薇枝上有刺，会钩住人的衣服，故曰。**无极**：没有尽头。
⑬ **残英**：残花。
⑭ **强**：勉强。**簪**：插，戴。**巾帻**：裹发的头巾。
⑮ **颤袅**：颤动摇曳。
⑯ **欹（qī）侧**：倾侧，斜依。
⑰ **趁**：逐，随。**潮汐**：潮水。早潮为潮，晚潮为汐。
⑱ **恐断红、尚有相思字，何由见得**：《云溪友议》载，卢渥应举之时，在御沟旁拾到一片红叶，上面题诗一首，于是藏之巾箱。后卢渥娶一宫人，见红叶后长叹曰："当初偶题随流，不想被郎君收藏。"叶上诗曰："流水何太急，深宫尽日闲。殷勤谢红叶，好去到人间。"**断红**：落花。

佳句品读

这两句将无情之物写成似有情,花是风雨过后已然凋零的花,人是虚掷光阴、羁旅在外的人,人惜花而花恋人,人与花之间同病相怜,意绪缠绵。

【佳句接龙】

长条故惹行客,似牵衣待话,别情无极。(【北宋】周邦彦《六丑·蔷薇谢后作》)➡ 极目平芜,应是春归。(【北宋】周邦彦《点绛唇·仙吕》)➡ 处逢花,家家插。(【南宋】戴复古《锦帐春·淮东陈提举清明奉母夫人游徐仙翁庵》)➡ 叶随歌皱,梨花与泪。(【北宋】黄庭坚《南歌子》)➡ 国容华随时换,依旧清歌妙。(【南宋】陈亮《贺新郎·又有实告以九月二十七日者,因和叶少蕴缕字韵并寄》)➡ 榭歌台,风流总被雨打风吹。(【南宋】辛弃疾《永遇乐·京口北固亭怀古》)➡ 时骢马,谁家系。(【南宋】赵汝茪《摘红英》)➡ 却意中事,卜筑快幽。(【南宋】徐宝之《水调歌·湘阴簿新居》)➡ 丝万轴,因春织就,愁罗恨。(【南宋】翁元龙《水龙吟·雪霁登吴山见沧阁,闻城中箫鼓声》)➡ 席传宣,笑声里、龙楼三鼓。(【南宋】詹玉《三姝媚·古卫舟,人谓此舟曾载钱塘宫人》)

答案：长条故惹行客，似牵衣待话，别情无极。→极目平芜，应是春归处。→处处逢花，家家插柳。→柳叶随歌皱，梨花与泪倾。→倾国容华随时换，依旧清歌妙舞。→舞榭歌台，风流总被雨打风吹去。→去时骢马，谁家系了。→了却意中事，卜筑快幽情。→情丝万轴，因春织就，愁罗恨绮。→绮席传宣，笑声里、龙楼三鼓。

趣味宋词

宋词中的花朵（一）

请在下列各句宋词的括号内填入花朵的名称。

① 正燕子新来，（　　）微绽。
② 塞雁来时空怅望，（　　）开后无消息。
③ 时节近中秋，（　　）天气。
④ 明月楼台箫鼓夜，（　　）院落秋千索。
⑤ 次第（　　）开，一樽留待，相与醉寒食。
⑥ 江上（　　）流水，天涯芳草青山。
⑦ 梦断扬州（　　），落尽簇红丝。
⑧ （　　）几度花开，误风前、翠樽谁举。
⑨ （　　）新过，秋蕊香犹媚。
⑩ 人道（　　）标格俊，不许梅花殿后。

答案：① 海棠　② 梅花　③ 桂花　④ 梨花　⑤ 牡丹
⑥ 桃花　⑦ 芍药　⑧ 蔷薇　⑨ 菊花　⑩ 水仙

知否,知否?应是绿肥红瘦。

——【南宋】李清照《如梦令》

【佳句解析】

你可知道,那海棠花丛已是红花见少、绿叶见多了吗?

【原作欣赏】

如 梦 令

昨夜雨疏风骤①,浓睡不消残酒②。试问卷帘人③,却道海棠依旧。知否,知否?应是绿肥红瘦④。

1. **雨疏风骤**:雨点稀疏,风势急猛。
2. **浓睡不消残酒**:虽然睡了一夜,仍有余醉未消。**浓睡**:酣睡。**残酒**:尚未消散的醉意。
3. **卷帘人**:有学者认为此指侍女。
4. **绿肥红瘦**:绿叶繁茂,红花凋零。

佳句品读

这两句中以"绿"指代叶,以"红"指代花,是两种颜色的对比;以"肥"形容叶子茂盛,以"瘦"形容花朵凋零,则是两种状态的对比。两两对比之下,富有概括性地显示出词人对自然界的细腻观察和深刻体悟。

第2章 草木生...

【佳句接龙】

知否,知否?应是绿肥红瘦。（【南宋】李清照《如梦令》）→

瘦损也、知他为　。（【南宋】葛立方《沙塞子·咏梅》）→ 忆此

地相逢,鬓毛君未白,眉添黄　。（【南宋】韩元吉《念奴娇·再用韵答韩

子师》）→ 映蔷薇水,光浮琥珀　。（【南宋】姚述尧《南歌子·赵

德全会同舍小集,屏间置山丹花红黄二枝,即席索词》）→ 前相顾惜参商,

引十分蕉　。（【南宋】高登《好事近·再和饯别》）→ 下云行,亭

皋风静,凉雨丝　。（【南宋】吕胜己《柳梢青》）→ 管缓随檀

板,看舞腰回　。（【南宋】曾觌《好事近·仰庚圣制》）→ 片幻

成肌骨,月华借与精　。（【南宋】王炎《临江仙·落梅》）→ 仙

何处,人尽道、我州三神之　。（【南宋】家铉翁《念奴娇·中秋纪梦》）

→ 番新雨重,飞不起杨花。（【南宋】仇远《临江仙·柳》）

答案: 知否,知否?应是绿肥红瘦。→瘦损也、知他为谁。→谁忆此地相逢,鬓毛君未白,眉添黄色。→色映蔷薇水,光浮琥珀尊。→尊前相顾惜参商,引十分蕉叶。→叶下云行,亭皋风静,凉雨丝丝。→丝管缓随檀板,看舞腰回雪。→雪片幻成肌骨,月华借与精神。→神仙何处,人尽道、我州三神之一。→一番新雨重,飞不起杨花。

宋词谜语

留芳千古（打一句宋词）

谜底：只有香如故

红莲相倚浑如醉，白鸟无言定自愁。

——【南宋】辛弃疾《鹧鸪天·鹅湖归病起作》

【佳句解析】

红色莲花互相依偎着，像是全都醉了；白色水鸟在水边静静伫立，定然在暗自发愁。

【原作欣赏】

鹧鸪天·鹅湖归病起作[1]

枕簟溪堂冷欲秋，断云依水晚来收。红莲相倚浑如醉，白鸟无言定自愁[2]。书咄咄[3]，且休休[4]，一丘一壑也风流。不知筋力衰多少，但觉新来懒上楼。

注释

1. **鹅湖**：在江西铅山县东北。辛弃疾曾谪居于此，后卒于此。
2. **白鸟**：指鸥鹭一类白色水鸟。
3. **咄（duō）咄**：《晋书·殷浩列传》载：殷浩被废黜后，虽口无怨言，却终日里用手在空中书写"咄咄怪事"四字。**咄咄**：失意的感叹。

❹ **休休**：指算了吧。

佳句品读

莲瓣之红犹如人之醉酒红颜，鸟羽之白则如人之愁容白发，红莲白鸟互相映衬，景色虽美，但"醉""愁"二字表露出词人此时报国无门、闲居病后忧愁抑郁的感伤。

【作者简介】

辛弃疾（1140—1207），子幼安，别号稼轩，南宋著名爱国词人。其词作题材广阔，善化用前人典故入词，风格沉雄豪迈而不乏细腻柔媚之处，在苏轼的基础上，大大开拓了词的思想意境，提高了词的文学地位，后人遂以"苏辛"并称。著有《稼轩长短句》等。

【佳句接龙】

红莲相倚浑如醉，白鸟无言定自愁。（【南宋】辛弃疾《鹧鸪天·鹅湖归病起作》）➡ 愁绝未归客，衰鬓点吴霜。（【北宋】刘一止《水调歌头·和李泰发尚书泊舟严陵》）➡ 风应是，不许蝶近蜂。（【南宋】葛长庚《汉宫春·次韵李汉老咏梅》）➡ 梅压竹，看看还助吟。（【南宋】卫宗武《前调·和友人催雪》）➡ 后满身花影、倩人。（【北宋】晏几道《虞美人》）➡ 杖欲行乐，还使我心·。（【南宋】李处全《水调歌头》）➡ 歌醉舞，九人而已，总是天涯倦。（【北宋】朱敦儒）

《鹊桥仙·康州同子权兄弟饮梅花下》➡ 中春不当,归去倍还 。(【北宋】苏轼《西江月·咏梅》)➡ 生万事无缘足,待足是何 。(【南宋】黄机《眼儿媚》)➡ 亦有声声,樵唱渔 。(【南宋】葛长庚《兰陵王》)

答案： 红莲相倚浑如醉,白鸟无言定自愁。→愁绝未归客,衰鬓点吴霜。→霜风应是,不许蝶近蜂欺。→欺梅压竹,看看还助吟醉。→醉后满身花影、倩人扶。→扶杖欲行乐,还使我心悲。→悲歌醉舞,九人而已,总是天涯倦客。→客中春不当,归去倍还人。→人生万事无缘足,待足是何时。→时亦有声声,樵唱渔笛。

宋词谜语

精卫无穷填海心（打一句宋词）

谜底：此水几时休,此恨何时已

春满大地（打一句宋词）

谜底：天涯何处无芳草

爱贴地争飞,竞夸轻俊。

——【南宋】史达祖《双双燕·咏燕》

【佳句解析】

春燕喜爱贴着地面争着飞行,仿佛竞相夸耀自己身体轻盈俊俏。

【原作欣赏】

双双燕·咏燕

过春社了,度帘幕中间,去年尘冷。差池欲住①,试入旧巢相并。还相雕梁藻井②,又软语商量不定③。飘然快拂花梢,翠尾分开红影④。　　芳径,芹泥雨润⑤。爱贴地争飞,竞夸轻俊。红楼归晚⑥,看足柳暗花暝。应自栖香正稳,便忘了天涯芳信。愁损翠黛双蛾⑦,日日画阑独凭。

注释

① 差(cī)池:燕子飞行时,有先有后、尾翼舒张貌。
② 相(xiàng):端看、仔细看。**雕梁**:雕有或绘有图案的屋梁。**藻井**:用彩色图案装饰的天花板,形状似井栏,故称藻井。
③ 软语:燕子的呢喃声。
④ 翠尾:燕尾。红影:花影。
⑤ 芹泥:水边长芹草的泥土。
⑥ 红楼:富贵人家的居处。
⑦ 翠黛双蛾:指闺中少妇。

佳句品读

燕子是古诗词中常用的意象,作为全篇咏燕的佳作,则要首推这首《双双燕》了,这两句词是整首词中被后人引用频率最高的,它形神俱似地描写燕子的动态与神情,把燕子写活了。

【作者简介】

史达祖(1163—1220?),字邦卿,号梅溪,南宋词人。其词善于咏物,以描摹物象生动逼真著称,著有《梅溪词》等。

【佳句接龙】

爱贴地争飞,竞夸轻俊。(【南宋】史达祖《双双燕·咏燕》)→

俊客妖姬,争飞金勒,齐驻香◯。(【南宋】陆游《柳梢青·故蜀燕王宫海棠之盛,为成都第一,今属张氏》)→◯马难通,奈何没个关◯。(【南宋】杨泽民《满路花》)→◯序催人,东篱把菊,西风吹◯。(【南宋】刘克庄《水龙吟》)→◯压半檐朝雪,镜开千靥春◯。(【南宋】吴文英《西江月·丙午冬至》)→◯散绮,月沈◯。(【北宋】夏竦《喜迁莺》)→◯月挂,绮霞◯。(【北宋】米芾《阮郎归·海岱楼与客酌别作》)→◯拾仙风道韵,萃兹一点台◯。(【南宋】史浩《木兰花慢》)→◯斗避光彩,风露助清◯。(【南宋】京镗《水调歌头·中秋》)→◯兰旋老,杜若还生,水乡尚寄旅。(【南宋】吴文英《莺啼序》)

答案: 爱贴地争飞,竞夸轻俊。→俊客妖姬,争飞金勒,齐驻香车。→车马难通,奈何没个关节。→节序催人,东篱把菊,西风吹帽。→帽压半檐朝雪,镜开千靥春霞。→霞散绮,月沈钩。→钩月挂,绮霞收。→收拾仙风道韵,萃兹一点台星。→星斗避光彩,风露助清幽。→幽兰旋老,杜若还生,水乡尚寄旅。

趣味宋词

宋词中的花朵（二）

请在下列各句宋词的括号内填入花朵的名称。

① 春事到（　　），还是无音信。

② 睡起不胜情，闲拾（　　）花萼。

③ 阶庭一笑（　　）新，把酒更、重逢初度。

④ 怎向江南，更说（　　）烟雨。

⑤ 彩舫下垂杨，深入（　　）去。

⑥ 萱草（　　），也解留春住。

⑦ 香（　　）泣露雨催莲，暑气昏池馆。

⑧ （　　）空结千般恨，柳线难萦一片心。

⑨ （　　）芰荷香，拍满笙箫院。

⑩ 却爱（　　）清鼻观，采伴禅床。

答案： ① 荼蘼　② 瑞香　③ 玉兰　④ 杏花　⑤ 荷花　
⑥ 石榴　⑦ 兰　⑧ 丁香　⑨ 茉莉　⑩ 素馨

第 3 章 日月星辰

> 那堪更被明月,隔墙送过秋千影。
>
> ——【北宋】张先《青门引》

【佳句解析】

正心绪不宁,哪料到那溶溶月光将隔墙那边摇动秋千的身影投射过来。

【原作欣赏】

青 门 引

乍暖还轻冷①,风雨晚来方定②。庭轩寂寞近清明,残花中酒③,又是去年病。　楼头画角风吹醒④,入夜重门静。那堪更被明月,隔墙送过秋千影。

注释

① **轻冷**:略有寒冷。
② **方定**:才定。
③ **中酒**:醉酒。
④ **画角**:军中号角,因涂有色彩故曰画角。

佳句品读

词人写人却言月光,写月光却只写秋千之影,秋千影其实是人之影,人又如影之缥缈,"那堪"二字更揭示了词人内心被触动的情怀,这两句确实写出了隽永幽微的词味。

【佳句接龙】

那堪更被明月,隔墙送过秋千影。【北宋】张先《青门引》

➡ 影落清溪,应也魂○。【南宋】程垓《一剪梅》 ➡ ○息江南,已酿黄梅○。【南宋】程垓《凤栖梧》 ➡ ○余寂寞假山傍,乡国尚遥西海○。【北宋】杜安世《玉楼春》 ➡ ○未通、愁已先○。【北宋】周邦彦《伤情怨》 ➡ ○如今、肠断怕回头,长门○。【南宋】何梦桂《满江红·和王伟翁上巳》 ➡ ○丝轻拂阑干角,怕引闲愁懒上○。【南宋】仇远《思佳客》 ➡ ○前乱草,是离人方○。【北宋】欧阳修《洞仙歌令》 ➡ ○寸锦肠浑欲断,盈盈一泪应偷○。【南宋】杨炎正《满江红》 ➡ ○滴真珠,便有香浮鼻。【南宋】史浩《蝶恋花》

答案: 那堪更被明月,隔墙送过秋千影。→影落清溪,应也魂消。→消息江南,已酿黄梅雨。→雨余寂寞假山傍,乡国尚遥西海信。→信未通、愁已先到。→到如今、肠断怕回头,长门柳。→柳丝轻拂阑干角,怕引闲愁懒上楼。→楼前乱草,是离人方寸。→寸寸锦肠浑欲断,盈盈一泪应偷滴。→滴滴真珠,便有香浮鼻。

宋词谜语

临行密密缝（打一句宋词）

谜底：别时针线

满地残阳，翠色和烟老。

——【北宋】梅尧臣《苏幕遮·草》

【佳句解析】

夕阳残照铺洒大地，那翠绿的春草，也好像随着沉沉暮霭变得苍老。

【原作欣赏】

苏幕遮·草

露堤平，烟墅杳①。乱碧萋萋②，雨后江天晓。独有庚郎年最少。窣地春袍③，嫩色宜相照。　接长亭，迷远道。堪怨王孙，不记归期早。落尽梨花春又了。满地残阳，翠色和烟老。

 注释

① 墅：田庐、圃墅。杳：幽暗，深远。
② 萋萋：形容草生长茂盛。
③ 窣（sū）地：拂地，拖地。

佳句品读

这两句中的"老"字与上片中的"嫩"字遥相呼应，春草的由嫩变老，正如春风得意的宦游少年映衬出词人的嗟老倦游，夕阳之景所折射的词人心绪表现得含蓄精巧。

【作者简介】

梅尧臣（1002—1060），字圣俞，北宋诗人。其诗质朴平淡，寓意深远，与苏舜钦齐名，世称"苏梅"，亦能词，著有《宛陵先生文集》等。

【佳句接龙】

满地残阳，翠色和烟老。（【北宋】梅尧臣《苏幕遮·草》）➡ 老

去惜花心已懒，爱梅犹绕江。（【南宋】辛弃疾《临江仙·探梅》）➡

路转，见寒机灯在，晨炊人。（【南宋】孙居敬《喜迁莺·晓行》）

➡ 态眠情，感多情、轻怜细。（【南宋】廖莹中《个侬》）➡

邯郸梦境，叹绿鬓、早霜。（南宋）陆游《木兰花慢·夜登青城山玉华楼》）

➡ 岸一篙杨柳浪，过云几点荷花。（【南宋】刘过《满江红·同襄阳帅泛湖》）➡ 过池塘水长芽，放开晴日正宜。（【南宋】吴潜《浣溪沙·四用韵》）➡ 底鸳鸯深处影，柳阴淡隔里湖。（【南宋】张炎《瑶台聚八仙·杭友寄声，以词答意》）➡ 上有花多酒、未须

○。(【南宋】洪适《南歌子·寄景卢》)→ 来看，文君未老，相对抚鸣琴。(【南宋】王庭珪《满庭芳》)

答案：满地残阳，翠色和烟老。→老去惜花心已懒，爱梅犹绕江村。→村路转，见寒机灯在，晨炊人语。→语态眠情，感多情、轻怜细阅。→阅邯郸梦境，叹绿鬓、早霜侵。→侵岸一篙杨柳浪，过云几点荷花雨。→雨过池塘水长芽，放开晴日正宜花。→花底鸳鸯深处影，柳阴淡隔里湖船。→船上有花多酒、未须归。→归来看，文君未老，相对抚鸣琴。

宋词谜语

梦幻世界（打一句宋词）

谜底：觉来无处追寻

灯火钱塘三五夜，明月如霜，照见人如画。

——【北宋】苏轼《蝶恋花·密州上元》

【佳句解析】

杭州城里的上元夜灯火繁盛，月光雪白如霜，照着游人如织的画面。

【原作欣赏】

蝶恋花·密州上元①

灯火钱塘三五夜②,明月如霜,照见人如画③。帐底吹笙香吐麝④,更无一点尘随马⑤。　寂寞山城人老也⑥!击鼓吹箫,却入农桑社⑦。火冷灯稀霜露下,昏昏雪意云垂野⑧。

1. **上元**:即正月十五日元宵节,因有观灯之风俗,亦称"灯节",是夜称元夕或元夜。
2. **钱塘**:代指杭州城。**三五夜**:即每月十五日夜,这里指元宵节。
3. **照见人如画**:形容杭州城元宵节的繁华、热闹景象。
4. **香吐麝**:意谓富贵人家的帐底吹出一阵阵的麝香气。**麝**:即麝香,一种名贵的香料。
5. **更无一点尘随马**:指江南气清土润,行马无尘。
6. **山城**:这里指密州。
7. **击鼓吹箫,却入农桑社**:形容密州的元宵节远没有杭州的元宵节热闹,只有在农家社祭时才有鼓箫乐曲。**社**:农村节日祭祀活动。
8. **昏昏雪意云垂野**:意谓密州的元宵节十分清冷,不仅没有笙箫,连灯火也没有,只有云垂旷野,雪意浓浓。**垂**:靠近。

佳句品读

　　杭州城市繁华,正值元宵佳节,灯月交辉,游人如织,词人回忆起那样热闹的场面,正反衬出自己在密州的孤寂与冷清。

【作者简介】

苏轼（1037—1101），字子瞻，号东坡居士，北宋著名文学家、书画家。他与父苏洵、弟苏辙合称"三苏"；为唐宋八大家之一，与欧阳修并称"欧苏"；词开豪放一派，与辛弃疾并称"苏辛"；书法与黄庭坚、米芾、蔡襄并称"宋四家"。著有《东坡乐府》等。

【佳句接龙】

灯火钱塘三五夜，明月如霜，照见人如画。（【北宋】苏轼《蝶恋花·密州上元》）➡ 画鼓喧街，兰灯满市，皎月初照严 。（【北宋】柳永《长相思》）➡ 中桃李愁风雨，春在溪头野荠 。（【南宋】辛弃疾《鹧鸪天·代人赋》）➡ 意争春，先出岁寒 。（【南宋】辛弃疾《江神子·赋梅寄余叔良》）➡ 上红稀地上多，万点随流 。（【北宋】蔡伸《卜算子》）➡ 流云散，于今几度蓼花 。（【南宋】葛长庚《水调歌头》）➡ 来鬓华多少，任乌纱、醉压花 。（【南宋】吴文英《声声慢·咏桂花》）➡ 画屏深朱户掩，卷西风、满地吹尘 。（【南宋】蒋捷《贺新郎·弹琵琶者》）➡ 花沿翠，萤火坠墙 。（【南宋】张镃《满庭芳·促织儿》）➡ 晴相半，曾见玉塔卧寒流 。（【北宋】李弥逊《水调歌头·八月十五夜集长乐堂，月大明，常岁所无，众客皆欢，戏用伯恭韵作》）

答案：灯火钱塘三五夜，明月如霜，照见人如画。→画鼓喧街，兰灯满市，皎月初照严城。→城中桃李愁风雨，春在溪头野荠花。→花意争春，先出岁寒枝。→枝上红稀地上多，万点随流水。→水流云散，于今几度蓼花秋。→秋来鬓华多少，任乌纱、醉压花低。→低画屏深朱户掩，卷西风、满地吹尘土。→土花沿翠，萤火坠墙阴。→阴晴相半，曾见玉塔卧寒流。

宋词谜语

紫禁城内导游（打一句宋词）

谜底：知他故宫何处

纤云弄巧，飞星传恨，银汉迢迢暗度。

——【北宋】秦观《鹊桥仙》

【佳句解析】

轻柔的云彩变化出许多优美巧妙的图案，飞驰的星星传递着离愁别恨，牛郎织女在七夕渡过迢迢天河相会。

【原作欣赏】

鹊 桥 仙

纤云弄巧①，飞星传恨，银汉迢迢暗度。金风玉露一相逢②，便胜却人间无数。　柔情似水，佳期如梦，忍顾鹊桥归路③。两情若是久长时，又岂在朝朝暮暮！

注释

① **纤云弄巧**：纤薄的云彩，变化出许多细巧的花样。
② **金风**：秋风。**玉露**：秋露。
③ **忍顾**：怎么忍心回视。

佳句品读

这三句以富有梦幻色彩的笔调描写牛郎织女在杳渺银河相会的情景，开篇就极其动人，为这对仙侣的爱情奠定了回肠荡气的基调。

【佳句接龙】

纤云弄巧，飞星传恨，银汉迢迢暗度。（【北宋】秦观《鹊桥仙》）

➡ 度银潢、展尽参旗，桂花淡，月飞 ◯。（【北宋】朱敦儒《聒龙谣》）

➡ ◯ 去不堪回首，斜阳一点西 ◯。（【南宋】黎廷瑞《朝中措·送春》）

➡ ◯ 台摇影处，是谁 ◯。（【南宋】蒋捷《小重山》）➡ 山何处，忍听羌笛，吹彻梅 ◯。（【北宋】赵佶《眼儿媚》）➡ 落池塘春梦静，月生帘幕夜香 ◯。（【南宋】耿时举《浣溪沙》）➡ 江上、雨晴风 ◯。（【南宋】高观国《醉落魄》）➡ ◯ 与呼童诛鬻尽，趁此江天暮 ◯。（【南宋】刘学箕《贺新郎·再韵赋雪》）➡ 晴须有踏青时，不

成也待明年。（【南宋】刘辰翁《踏莎行·上元月明，无灯，明日霜雨屡作》）

**路湘桃破萼，归时乳燕巢梁。**（【北宋】晁元礼《西江月》）

答案：纤云弄巧，飞星传恨，银汉迢迢暗度。→度银潢、展尽参旗，桂花淡，月飞去。→去去不堪回首，斜阳一点西楼。→楼台摇影处，是谁家。→家山何处，忍听羌笛，吹彻梅花。→花落池塘春梦静，月生帘幕夜香寒。→寒江上、雨晴风急。→急与呼童诛剪尽，趁此江天暮雪。→雪晴须有踏青时，不成也待明年去。→去路湘桃破萼，归时乳燕巢梁。

宋词故事

山抹微云秦学士

秦观作为"苏门四学士"之一，尤其得到苏轼的看重，但其词风与苏轼不同，走的是婉约清丽、辞情兼胜一路。苏轼曾经对秦观说："想不到离别之后，你却学柳七作词。"柳七就是柳永，也称柳屯田。秦观赶紧回答说："我虽然学识浅薄，也不至于如此。"苏轼说："'销魂当此际'，这不是柳七的口吻吗？"这句子正出自秦观的《满庭芳》（山抹微云），秦观也只能无言以对了。

然而秦观的这首词影响十分巨大，尤其是其中"山抹微云，天连衰草"一句更是因别出新意而广受称道，就连苏轼也开玩笑说："山抹微云秦学士，露花倒影柳屯田。"有次秦观的女婿范温参加贵人家的宴会，座上有个歌女善歌秦观的词，范温沉默寡言，歌女也不理会他，到后来酒酣欢畅，歌女才问他："这位郎君是哪一位啊？"范温站起来拱手说道："我是'山抹微云'女婿。"大家听到后，无不大笑。

数点雨声风约住,朦胧淡月云来去。

——【北宋】贺铸《蝶恋花》

【佳句解析】

淅淅沥沥的小雨让风吹停了,月光朦胧,浮云来去。

【原作欣赏】

蝶 恋 花

几许伤春春复暮,杨柳清阴,偏碍游丝度。天际小山桃叶步[1],白蘋花满湔裙处[2]。 竟日微吟长短句,帘影灯昏,心寄胡琴语[3]。数点雨声风约住,朦胧淡月云来去。

① **桃叶**:晋王献之妾。这里借指恋人。
② **湔**(jiān):洗。
③ **胡琴**:唐宋时期,凡来自西北各民族的弦乐器统称胡琴。

佳句品读

风起雨停,是听觉形象;淡云托月,是视觉形象。这两句意境淡雅,景中寓情,暗示了词人的迷蒙心境,情味悠长。

【作者简介】

贺铸(1052—1125),字方回,号庆湖遗老,北宋词人。能诗文,尤长于词,兼有豪放、婉约二派之长,著有《庆湖遗老后集》等。

【佳句接龙】

数点雨声风约住,朦胧淡月云来去。(【北宋】贺铸《蝶恋花》)→去去行云,望断凄心·。(【南宋】吕胜己《蝶恋花》)→断黄云,冉冉连衰。(【南宋】程垓《凤栖梧·送子廉佥南下》)→色连云,暝色连。(【北宋】吕渭老《惜分钗》)→叹倦客断肠,奈听彻、残更急。(【北宋】方千里《玲珑四犯》)→点尽堪肠断,行人休望长。(【南宋】李好古《清平乐》)→得仙师呼鹤驾,将我去、广寒。(【南宋】吴潜《糖多令·答和梅府教》)→人便作寻芳计,小·桃杏、应已争。(【北宋】苏轼《一丛花》)→生杖屦无事,一日走千。(【南宋】辛弃疾《水调歌头·盟鸥》)→首长安何处,怕行人归晚。(【南宋】辛弃疾《好事近》)

答案: 数点雨声风约住,朦胧淡月云来去。→去去行云,望断凄心目。→目断黄云,冉冉连衰草。→草色连云,暝色连空。→空叹倦客断肠,奈听彻、残更急点。→点点尽堪肠断,行人休望长安。→安得仙师呼鹤驾,将我去、广寒游。→游人便作寻芳计,小桃杏、应已争先。→先生杖屦无事,一日走千回。→回首长安何处,怕行人归晚。

宋词谜语

女娲之功（打一句宋词）

谜底：补天裂

烟中列岫青无数，雁背夕阳红欲暮。

——【北宋】周邦彦《玉楼春》

【佳句解析】

烟霭缭绕中排立着无数青翠的山峦，飞雁的背上映照出一抹夕阳的余晖。

【原作欣赏】

玉楼春

桃溪不作从容住①，秋藕绝来无续处。当时相候赤阑桥②，今日独寻黄叶路。　烟中列岫青无数③，雁背夕阳红欲暮。人如风后入江云，情似雨余粘地絮。

① **桃溪**：《幽明录》载，东汉时，刘晨、阮肇入天台山采药，曾因饥渴，登山食桃，就溪饮水，于溪边遇到两位仙女，相爱成婚。半年以后，二人思家求归。及到出山，才知道已经过去300多年了。此典故意指

对失去爱情的追悔。
❷ **赤阑桥**：红漆栏杆的桥。
❸ **岫**：山，峰峦。

佳句品读

上句写烟中群山成列，冷碧无情，暗示关山迢递；下句写雁背夕阳将坠，余晖欲暮，暗示音信渺茫。这两句情与景之间有着脉脉流转而若有若无的联系，在开阔辽远的词境中展现了词人孤孑黯淡的心绪。

【佳句接龙】

烟中列岫青无数，雁背夕阳红欲暮。（【北宋】周邦彦《玉楼春》）➡ 暮云回首，何处高 。（【北宋】晁元礼《玉胡蝶》）➡ 中

万户，烛光香雾交 。（【南宋】汪莘《念奴娇·寄孟使君》）➡ 珠声

断红裳散，踏影人归素月 。（【北宋】葛胜仲《鹧鸪天》）➡

月下，北风 。（【北宋】贺铸《夜如年》）➡ 度刘郎，几许风

流地，花也应 。（【南宋】韩元吉《六州歌头·桃花》）➡ 欢事，

随流 。（【南宋】辛弃疾《满江红》）➡ 中仙，月下 。（【南宋】李石《捣练子》）➡ 子凭阑凄断，百年故国，飞鸟斜 。（【南宋】

李好古《八声甘州·扬州》➡ ○台路,烟树万重,空有相思寄鱼尺。

➡ (【南宋】叶隆礼《兰陵王·和清真》)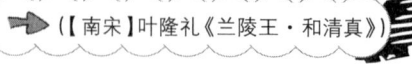

答案:烟中列岫青无数,雁背夕阳红欲暮。→暮云回首,何处高城。→城中万户,烛光香雾交贯。→贯珠声断红裳散,踏影人归素月斜。→斜月下,北风前。→前度刘郎,几许风流地,花也应悲。→悲欢事,随流水。→水中仙,月下游。→游子凭阑凄断,百年故国,飞鸟斜阳。→阳台路,烟树万重,空有相思寄鱼尺。

宋词谜语

去(打一句宋词)

谜底:直入白云深处

楼上阑干横斗柄,露寒人远鸡相应。

——【北宋】周邦彦《蝶恋花·早行》

【佳句解析】

　　北斗星已斜挂在高楼之上,清晨露寒,离人已远,只有晨起的鸡鸣彼此相应。

蝶恋花·早行

【原作欣赏】

月皎惊乌栖不定①。更漏将残②,辘轳牵金井③。唤起两眸清炯炯④,泪花落枕红绵冷。　　执手霜风吹鬓影。去意徊徨⑤,别语愁难听。楼上阑干横斗柄⑥,露寒人远鸡相应。

注释

❶ 月皎:月色洁白光明。
❷ 更漏:即刻漏,古代记时器。
❸ 辘轳:井上汲水辘轳转动的声音。
❹ 眸:眼珠。炯炯:明亮貌。
❺ 徊徨:徘徊、彷徨。
❻ 阑干:横斜貌。斗柄:北斗七星的第五至第七的3颗星像古代酌酒所用的斗把,叫作斗柄。

佳句品读

执手相别后,北斗横斜,晨鸡唱晓,而人已去远,内心益觉酸楚。这两句是"以景结情"的妙句,将拂晓离别的凄清与不舍描写得十分动人。

【佳句接龙】

楼上阑干横斗柄,露寒人远鸡相应。 ➡ 应接光阴,品

题胜概,须待堂成我再来。([南宋]戴复古《沁园春》) ➡ 此人间

不知岁,仍是酒龙诗。([南宋]葛长庚《贺新郎·别鹤林》) ➡ 踞龙

盘,有人于此,千载犹◯。(【南宋】李曾伯《醉蓬莱·寿别制垣》)➡

日蜚声台柏劲,他年坐对堂槐◯。(【南宋】赵善括《满江红·饯京仲远赴湖北漕》)➡ ◯密翠罗攒玉叶,团团黄粟刻金◯。(【南宋】刘学箕《浣溪沙·木犀》)➡ ◯枝长好在,馥馥十年◯。(【北宋】毛滂《临江仙·客有逢故人者,代书其情》)➡ ◯残虬尾细,灯暗玉虫◯。(【北宋】毛滂《临江仙·宿僧舍》)➡ ◯赏中秋月,从古到如◯。(【北宋】朱敦儒《水调歌头·和董弥大中秋》)➡ ◯朝忙到夜,过腊又逢春。(【北宋】朱敦儒《临江仙》)

答案:楼上阑干横斗柄,露寒人远鸡相应。→应接光阴,品题胜概,须待堂成我再来。→来此人间不知岁,仍是酒龙诗虎。→虎踞龙盘,有人于此,千载犹昔。→昔日蜚声台柏劲,他年坐对堂槐密。→密密翠罗攒玉叶,团团黄粟刻金花。→花枝长好在,馥馥十年香。→香残虬尾细,灯暗玉虫偏。→偏赏中秋月,从古到如今。→今朝忙到夜,过腊又逢春。

宋词谜语

鹤发童颜(打一句宋词)

谜底:白了少年头

观看地图(打一句宋词)

谜底:眼前万里江山

休去倚危栏，斜阳正在、烟柳断肠处。

——【南宋】辛弃疾《摸鱼儿》

【佳句解析】

不要去倚靠高楼，斜阳正渐渐隐没在烟柳中，令人伤心断肠。

【原作欣赏】

摸 鱼 儿

淳熙己亥，自湖北漕移湖南，同官王正之置酒小山亭，为赋。

更能消几番风雨①？匆匆春又归去。惜春长怕花开早，何况落红无数。春且住，见说道、天涯芳草无归路。怨春不语。算只有殷勤，画檐蛛网，尽日惹飞絮②。　　长门事③，准拟佳期又误。蛾眉曾有人妒。千金纵买相如赋，脉脉此情谁诉④？君莫舞⑤，君不见、玉环飞燕皆尘土⑥！闲愁最苦。休去倚危栏⑦，斜阳正在、烟柳断肠处。

① 消：经受。
② "算只有"句：想来只有檐下蛛网还殷勤地整日沾惹飞絮，留住春色。
③ 长门事：司马相如《长门赋序》："孝武皇帝陈皇后时得幸，颇妒。别在长门宫，愁闷悲思，闻蜀郡成都司马相如天下工为文，奉黄金百斤，为相如、文君取酒，因于解悲愁之辞，而相如为文以悟上，陈皇后复得亲幸。"
④ 脉脉：绵长深厚貌。
⑤ 君：指善妒之人。
⑥ 玉环飞燕：杨玉环、赵飞燕，皆貌美善妒。
⑦ 危栏：高楼上的栏杆。

佳句品读

高楼、斜阳、烟柳，正喻示着昏庸朝廷日落西山、岌岌可危的现实，而词人空有一腔报国热情，却屡遭谗毁，壮志难酬，他的悲愤沉痛终究只能"休去倚危栏"，"闲愁最苦"。

【佳句接龙】

休去倚危栏，斜阳正在、烟柳断肠处。（【南宋】辛弃疾《摸鱼儿》）➡ 处处踏青斗草，人人眷红偎⚪。（【北宋】柳永《内家娇》）➡

⚪玉楼前，惟是有、一波湘水，摇荡湘（【南宋】黄孝迈《湘春夜月》）➡ 山有约，儿孙·无债，为谁烦⚪。（【南宋】方岳《贺新凉·寄两吴尚书》）➡ 和靖吟魂，自来清⚪。（【南宋】高观国《花心动·梅意》）

➡ 似醉翁游乐意，林壑静、听泉（【南宋】张炎《江神子·孙虚斋作四云庵俾余赋之两云之间》）➡ 名德业，汉代谁居⚪。（【北宋】刘一止《暮山溪·叶左丞生日》）➡ 抱琴书，左携妻子，杖屦从容尽暮。（【南宋】林正大《括沁园春》）➡ 年三月化香尘，天上人间看梦。（【南宋】刘景翔《玉楼春·落花》）➡ 后欲寻溪上路，烟水无穷。（【北宋】李弥逊《浪淘沙·连鹏举坐上次康平仲留别韵》）

答案： 休去倚危栏,斜阳正在、烟柳断肠处。→处处踏青斗草,人人卷红偎翠。→翠玉楼前,惟是有、一波湘水,摇荡湘云。→云山有约,儿孙无债,为谁烦恼。→恼和靖吟魂,自来清绝。→绝似醉翁游乐意,林壑静、听泉声。→声名德业,汉代谁居右。→右抱琴书,左携妻子,杖屦从容尽暮年。→年年三月化香尘,天上人间看梦醒。→醒后欲寻溪上路,烟水无穷。

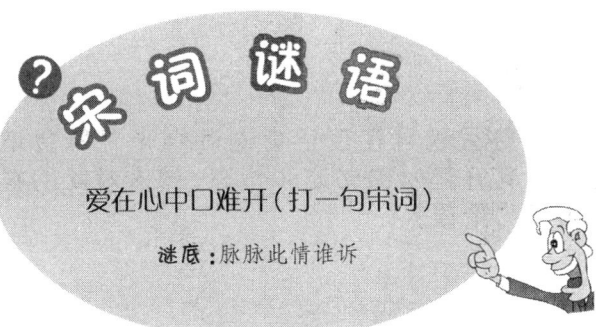

宋词谜语

爱在心中口难开（打一句宋词）

谜底：脉脉此情谁诉

一轮秋影转金波,飞镜又重磨。

——【南宋】辛弃疾《太常引·建康中秋夜为吕叔潜赋》

【佳句解析】

皎洁的秋月在天空缓缓移动,洒下晶亮的光芒,就像重新打磨的飞天明镜。

【原作欣赏】

太常引·建康中秋夜为吕叔潜赋

一轮秋影转金波①,飞镜又重磨②。把酒问姮娥③:被白发、欺人奈何?乘风好去,长空万里,直下看山河。斫去桂婆娑,人道是、清光更多。

注释

1. **金波**：指月光。
2. **飞镜**：比喻月亮。
3. **姮娥**：即嫦娥，传说中的月宫仙子。

佳句品读

这两句写秋月在夜空中遍洒辉光，"转金波"、"又重磨"凸显了月亮升起时的动态和情态，词人对此的描写也寄托着涤荡山河的希望。

【佳句接龙】

一轮秋影转金波，飞镜又重磨。（【南宋】辛弃疾《太常引·建康中秋夜为吕叔潜赋》）➡ 磨崖书寿，分明知是今○。（【南宋】赵汝恂《念奴娇·寿萧守》）➡ ○日骊歌，空费行人○。（【北宋】晏几道《点绛唇》）➡ ○滴兰衾，寒生珠幌，翠云撩乱枕频○。（【南宋】严仁《多丽》）➡ ○倒处，瑶台唱罢，如梦中○。（【北宋】舒亶《满庭芳·后一日再置酒次冯通直韵》）➡ ○了宫符，前席受取丁宁，功业算来何○。（【北宋】仲殊《斗百花近拍》）➡ ○来风定钓丝闲，上下是新○。（【北宋】朱敦儒《好事近·渔父词》）➡ ○下风前，应也解相○。（【北宋】蔡伸《醉落魄》）➡ ○昔午桥桥上饮，坐中多是豪○。（【北宋】陈与义

《临江仙·夜登小阁忆洛中旧游》→ 姿豪气,耆旧知谈中。(【北宋】王以宁《满庭芳·邓州席上》)

答案： 一轮秋影转金波,飞镜又重磨。→磨崖书寿,分明知是今日。→日日骊歌,空费行人泪。→泪滴兰衾,寒生珠幌,翠云撩乱枕频欹。→欹倒处,瑶台唱罢,如梦中还。→还了宫符,前席受取丁宁,功业算来何晚。→晚来风定钓丝闲,上下是新月。→月下风前,应也解相忆。→忆昔午桥桥上饮,坐中多是豪英。→英姿豪气,耆旧知谈中。

宋词谜语

尧（打一句宋词）

谜底： 近日方晓

嫦娥应悔偷灵药（打一句宋词）

谜底： 何似在人间

第4章 山水情怀

> 水是眼波横，山是眉峰聚。
>
> ——【北宋】王观《卜算子·送鲍浩然之浙东》

【佳句解析】

水波就像是眼波流动，山峰则像是眉峰攒聚。

【原作欣赏】

卜算子·送鲍浩然之浙东[1]

水是眼波横，山是眉峰聚。欲问行人去那边？眉眼盈盈处[2]。才始送春归，又送君归去。若到江南赶上春，千万和春住。

注释

1. **鲍浩然**：王观的朋友，生平不详。
2. **眉眼盈盈处**：喻指山水秀丽的地方，一说指鲍浩然所要去的心上人所在之处。

佳句品读

前人惯以"眉若春山"、"眼如秋水"之类的譬喻来形容女子容颜之美,而词人在这里却反用其意,山水之美被赋予了灵动的情感,仿佛也和词人一样为送别友人而动容,设喻新巧而妙趣横生。

【作者简介】

王观(1035—1100),字通叟,北宋词人。其词构思新颖,造语佻丽,著有《冠柳集》等。

【佳句接龙】

水是眼波横,山是眉峰聚。(【北宋】王观《卜算子·送鲍浩然之浙东》)➡ 聚翠羽明珠三市满,楼观涌、参差金碧。(【南宋】张孝祥《二郎神·七夕》)➡ 草旋荒金谷路,乌丝重记兰 。(【南宋】辛弃疾《临江仙》)➡ 高烟远,天低云近,相对逃名隐 。(【南宋】赵善括《鹊桥仙》)➡ 行花径曲,月上松门 。(【南宋】陈三聘《千秋岁·重到桃花坞》)➡ 酒逢花不饮、待何 。(【北宋】苏轼《虞美人》)➡ 时照影,甚此身、遍满江 。(【南宋】辛弃疾《汉宫春·即事》)➡ 海上、一汀鸥鹭,半帆烟 。(【南宋】吴潜《满江红·送李御带珙》)➡ 阁还垂,云低欲堕,何处行人唤渡 。(【南宋】吴潜《沁园

过采石江边,望夫山下,酹水应怀古。〔南宋〕张孝祥《念奴娇》

答案:水是眼波横,山是眉峰聚。→聚翠羽明珠三市满,楼观涌、参差金碧。→碧草旋荒金谷路,乌丝重记兰亭。→亭高烟远,天低云近,相对逃名隐客。→客行花径曲,月上松门对。→对酒逢花不饮,待何时。→时时照影,甚此身、遍满江湖。→湖海上、一汀鸥鹭,半帆烟雨。→雨阁还垂,云低欲堕,何处行人唤渡船。→船过采石江边,望夫山下,酹水应怀古。

宋词谜语

白了少年头(打一句宋词)

谜底:早生华发

十里青山远,潮平路带沙。

——【北宋】仲殊《南柯子·忆旧》

【佳句解析】

十里外的青山隐约可见,江涛平静,江边路上沾着泥沙。

【原作欣赏】

南柯子·忆旧

十里青山远,潮平路带沙。数声啼鸟怨年华①。又是凄凉时候②、在天涯。　　白露收残月,清风散晓霞。绿杨堤畔问荷花:记得年时沽酒、那人家?

1. **怨年华:** 哀叹年华易逝。
2. **凄凉时候:** 指天各一方的分离时日。

佳句品读

青山遥迢,江边行路,在这样自然气息浓厚的画面当中,词人孤身行旅的寂寞之感也融于其间,妙合无迹。

【作者简介】

仲殊(生卒年不详),本姓张,名挥,字师利,北宋僧人、词人。他与苏轼往来甚厚,著有《宝月集》等。

【佳句接龙】

十里青山远,潮平路带沙。【北宋】仲殊《南柯子·忆旧》➡

沙堤此去,传柑侍宴,天上风 。【南宋】侯寘《朝中措·元夕上潭帅刘

共甫舍人》➡ 莺枝上转新声,梦初醒、厌厌病 。【南宋】刘

学算《忆王孙·清明病酒》➡️ ●醒还醉醉还醒，一笑人间今●。（【北宋】苏轼《渔父》）➡️ ●今如梦，何曾梦觉，但有旧欢新●。（【北宋】苏轼《永遇乐·夜宿燕子楼，梦盼盼，因作此词》）➡️ ●绿啼红，总道春归●。（【南宋】曾协《点绛唇·汪汝冯置酒请赋芍药》）➡️ 去已离闽岭路，行行渐近滕王●。（【南宋】吕胜己《满江红·赴长沙幕府，别馁，送客》）➡️ ●儿幽静处，围炉面小·●。（【南宋】赵长卿《霜天晓角》）➡️ ●下和香封远讯，墙头飞玉怨邻●。（【南宋】吴文英《浣溪沙·琴川慧日寺蜡梅》）➡️ ●鼓远，篆香迟。（【北宋】朱敦儒《诉衷情》）

答案：十里青山远，潮平路带沙。→沙堤此去，传柑侍宴，天上风流。→流莺枝上转新声，梦初醒、厌厌病酒。→酒醒还醉醉还醒，一笑人间今古。→古今如梦，何曾梦觉，但有旧欢新怨。→怨绿啼红，总道春归去。→去去已离闽岭路，行行渐近滕王阁。→阁儿幽静处，围炉面小窗。→窗下和香封远讯，墙头飞玉怨邻箫。→箫鼓远，篆香迟。

宋词谜语

阴天（打一句宋词）

谜底：也无风雨也无晴

老朋友（打一句宋词）

谜底：却是旧时相识

黯黯青山红日暮，浩浩大江东注。

——【北宋】晁补之《迷神引·贬玉溪对江山作》

【佳句解析】

青山被暮色笼罩，红日慢慢向西坠落；浩浩大江奔腾不息，汹涌向东流去。

【原作欣赏】

迷神引·贬玉溪对江山作

黯黯青山红日暮，浩浩大江东注。余霞散绮，向烟波路。使人愁，长安远，在何处。几点渔灯小，迷近坞。一片客帆低，傍前浦。　暗想平生，自悔儒冠误①。觉阮途穷②，归心阻。断魂素月，一千里、伤平楚③。怪竹枝歌，声声怨，为谁苦。猿鸟一时啼，惊岛屿。烛暗不成眠，听津鼓。

注释

❶ 儒冠：儒生冠帽。这里指读书人。
❷ 阮途：曹魏时阮籍时常独自驾车，漫无目的地出游，前方无路可通时便痛哭而返。
❸ 平楚：平野。

佳句品读

这两句描绘苍茫暮色中的青山大江，景色壮阔，气象雄浑，但是联系全篇再读，仍能从中体会到词人贬谪在外、仕途失意的深沉痛楚，这种痛楚即使是面对山高水长的美景，也是难以抒放怀抱、一展愁绪的。

【佳句接龙】

黯黯青山红日暮，浩浩大江东注。（【北宋】晁补之《迷神引·贬玉溪对江山作》）➡ 注望晓山，晴色丽、晨餐应◯。（【南宋】陈三聘《三登乐》）➡ ◯吟风月三千首，寄与吴姬忍泪◯。（【南宋】韩玉《鹧鸪天》）➡ ◯玉山自倒，不用相◯。（【南宋】刘过《六州歌头》）➡ ◯枕闻鸡，正怪得、乾坤都◯。（【南宋】李曾伯《满江红·和刘仓咏雪》）➡ ◯发青衫，苍头玄鹤，花前尊◯。（【南宋】何梦桂《水龙吟·和何逢原见寿》）➡ ◯入愁肠，化作相思◯。（【北宋】范仲淹《苏幕遮·怀旧》）➡ ◯雨难晴，愁眉又结，翻覆十年手◯。（【北宋】吕渭老《齐天乐·观竞渡》）➡ ◯中元自有三珠，更检校、诸孙夜◯。（【南宋】刘克庄《鹊桥仙·林侍郎生日》）➡ ◯书窗下，弹琴石上，留得销魂处。（【南宋】陈亮《青玉案》）

答案： 黯黯青山红日暮，浩浩大江东注。→注望晓山，晴色丽、晨餐应饱。→饱吟风月三千首，寄与吴姬忍泪看。→看玉山自倒，不用相推。→推枕闻鸡，正怪得、乾坤都白。→白发青衫，苍头玄鹤，花前尊酒。→酒入愁肠，化作相思泪。→泪雨难晴，愁眉又结，翻覆十年手掌。→掌中元自有三珠，更检校、诸孙夜读。→读书窗下，弹琴石上，留得销魂处。

宋词谜语

尹（打一句宋词）

谜底：为伊消得人憔悴

> **怒涛寂寞打孤城，风樯遥度天际。**
>
> ——【北宋】周邦彦《西河·金陵怀古》

【佳句解析】

长江大浪击打孤寂的城池，张着风帆的船驶向遥远的天际。

【原作欣赏】

西河·金陵怀古

佳丽地①，南朝盛事谁记②。山围故国绕清江，髻鬟对起③。怒涛寂寞打孤城，风樯遥度天际。　断崖树、犹倒倚，莫愁艇子曾系④。空余旧迹郁苍苍，雾沉半垒。夜深月过女墙来⑤，伤心东望淮水。　酒旗戏鼓甚处市⑥？想依稀、王谢邻里。燕子不知何世，入寻常、巷陌人家，相对如说兴亡，斜阳里。

❶ **佳丽地**：指江南，更指金陵。南朝齐谢朓《入朝曲》中有"江南佳丽

地,金陵帝王州"。
❷ **南朝盛事**:南朝宋、齐、梁、陈四朝建都于金陵。
❸ **髻鬟对起**:以女子髻鬟喻在长江边相对而立的山。
❹ **莫愁**:相传为金陵善歌之女。
❺ **女墙**:城墙上的矮墙。
❻ **甚处**:何处。

佳句品读

当年"繁华竞逐"的金陵,在词中已是座"孤城",潮水的拍击声正反衬出环境的冷寂孤清,天际的风帆也给人一种空旷落寞之感,词人通过对景物的描绘,深深流露出对自然沧桑变化、人世兴衰更迭的感叹。

【佳句接龙】

怒涛寂寞打孤城,风樯遥度天际。[【北宋】周邦彦《西河·金陵怀古》]➡ 际天云海无涯,径从一叶舟中○。[【北宋】李纲《水龙吟·次韵任世初送林商叟海道还闽中》]➡ ○口千章云木,苒苒炊烟一缕,人在翠微○。[【南宋】袁去华《水调歌头》]➡ 士新来悟也,渭川小隐初○。[【南宋】吕胜己《木兰花慢》]➡ 障碍,千经万论,从此休○。[【南宋】吕胜己《满庭芳·乙巳八月十日登博见楼作》]➡ 引游蜂舞蝶,几多春事都○。[【南宋】赵善括《朝中措·惜春》]➡ 问沈腰潘鬓,何妨岛瘦郊○。[【南宋】吴潜《朝中措·再用韵》]➡ 食来时

第4章 山水情怀

> 池馆,旧东 。（【南宋】吴文英《乌夜啼·题赵三畏舍馆海棠》）→ 霜峭、
>
> 瑶台种时,付与仙 。（【南宋】王沂孙《露华·碧桃》）→ 瘦挽先,
>
> 肌韵恰好,花头径尺徐陈。（【南宋】陈亮《暮花天》）

答案： 怒涛寂寞打孤城,风樯遥度天际。→ 际天云海无涯,径从一叶舟中渡。→ 渡口千章云木,苒苒炊烟一缕,人在翠微居。→ 居士新来悟也,渭川小隐初成。→ 成障碍,千经万论,从此休贪。→ 贪引游蜂舞蝶,几多春事都休。→ 休问沈腰潘鬓,何妨岛瘦郊寒。→ 寒食来时池馆,旧东风。→ 风霜峭、瑶台种时,付与仙骨。→ 骨瘦挽先,肌韵恰好,花头径尺徐陈。

宋词谜语

大地微微暖气吹（打一句宋词）

谜底：高处不胜寒

青山遮不住,毕竟东流去。

——【南宋】辛弃疾《菩萨蛮·书江西造口壁》

【佳句解析】

青山重重也遮挡不住江水,它毕竟还是会向东流去。

【原作欣赏】

菩萨蛮·书江西造口壁①

郁孤台下清江水②,中间多少行人泪? 西北望长安③,可怜无数山④。 青山遮不住,毕竟东流去⑤。江晚正愁余⑥,山深闻鹧鸪⑦。

① **造口**:即皂口,在今江西省万安县西南60里处。
② **郁孤台**:古台名,在今江西赣州市西北的贺兰山上,因"隆阜郁然,孤起平地数丈"而得名。**清江**:赣江与袁江合流处旧称清江。
③ **长安**:今陕西省西安市,为汉唐故都。这里指沦于敌手的北宋都城汴京。
④ **可怜**:可惜。**无数山**:这里指北方沦陷国土,也可理解为阻碍收复故土的投降派。
⑤ **毕竟东流去**:暗指力主抗金的时代潮流不可阻挡。
⑥ **愁余**:使我感到忧愁。
⑦ **鹧鸪**(zhè gū):鸟名,传说它的叫声像"行不得也哥哥",啼声凄苦。

佳句品读

整首词凝聚了词人沉郁悲愤的爱国感情,句句不离山水,却又句句都有寄托,这两句在词中虽转折上文的凄迷氛围,精神有所提振,但结合下文来看,词人对时局并不乐观,家国之悲更添深远。

第4章 山水情怀

【佳句接龙】

青山遮不住,毕竟东流去。([南宋]辛弃疾《菩萨蛮·书江西造口壁》)→ 去去远蜀口,日日望吴○。([南宋]李曾伯《水调歌头·丁亥送方子南出蜀》)→ ○上短金钗,轻重还相○。([南宋]韩玉《生查子》)→ ○玉浮金,一醉留青○。([北宋]毛滂《点绛唇·月波楼重九作》)→ ○绿长留,不使韶华○。([北宋]毛滂《点绛唇·家人生日》)→ ○来歌管破余寒,沈烟袅轻○。([南宋]张纲《好事近·梅柳》)→ ○波落日寒烟聚,望遥山、迷离红○。([北宋]张先《山亭宴·湖亭宴别》)→ ○头红叶飞都尽,景物凄○。([南宋]赵长卿《摊破丑奴儿·梅词》)→ ○生秋早,正梧桐院落,风清月○。([南宋]吴儆《念奴娇·寿程致政》)→ ○鹭欲栖飞不下,却入苍烟。([北宋]周紫芝《浪淘沙》)

答案: 青山遮不住,毕竟东流去。→去去远蜀口,日日望吴头。→头上短金钗,轻重还相压。→压玉浮金,一醉留青鬓。→鬓绿长留,不使韶华晚。→晚来歌管破余寒,沈烟袅轻碧。→碧波落日寒烟聚,望遥山、迷离红树。→树头红叶飞都尽,景物凄凉。→凉生秋早,正梧桐院落,风清月白。→白鹭欲栖飞不下,却入苍烟。

趣味宋词

宋词中的水果

请在下列各句宋词的括号内填入水果的名称。

① 流水落红香远，春江涨、（　　）绿。
② 分明记得约当归，远至（　　）熟。
③ 怨调为谁赋，一斛贮（　　）。
④ 记得如今时候，正（　　）初熟。
⑤ 向晚红灯入坐，尝新青（　　）催觞。
⑥ 数日西风，打秋林（　　）熟，还催人去。
⑦ 开宴香蔼华堂，金杯休诉，好醉（　　）熟。
⑧ 卢橘（　　）时正熟，随处赏，饮班荆。
⑨ 被野老、相扶入东园，（　　）熟。
⑩ 玉纤曾擘黄（　　），柔香系幽素。

答案： ① 葡萄　② 樱桃　③ 槟榔　④ 荔枝　⑤ 杏
⑥ 枣　⑦ 蟠桃　⑧ 杨梅　⑨ 枇杷　⑩ 柑

我见青山多妩媚，料青山见我应如是。

——【南宋】辛弃疾《贺新郎》

【佳句解析】

我看青山的姿态那样妩媚，料想青山看我也应该是这样吧。

【原作欣赏】

贺新郎

邑中园亭，仆皆为赋此词①。一日，独坐停云②，水声山色，竞来相娱。意溪山欲援例者，遂作数语，庶几仿佛渊明思亲友之意云。

甚矣吾衰矣③。怅平生、交游零落，只今余几！白发空垂三千丈，一笑人间万事。问何物、能令公喜？我见青山多妩媚④，料青山见我应如是。情与貌，略相似。　　一尊搔首东窗里。想渊明《停云》诗就，此时风味。江左沉酣求名者⑤，岂识浊醪妙理⑥。回首叫、云飞风起。不恨古人吾不见，恨古人不见吾狂耳。知我者，二三子。

注释

① **仆**：自称。
② **停云**：辛弃疾在江西铅山期思渡建有居所，其中有"停云堂"。陶渊明有《停云》诗，其序云"停云，思亲友也"，停云堂取名于此。
③ **甚矣吾衰矣**：《论语·述而》："子曰：'甚矣，吾衰也！久矣，吾不复梦见周公。'"**甚矣**：到极点了。
④ **妩媚**：姿态美好可爱。
⑤ **江左**：晋室南渡后，东晋及南朝相继建都金陵，统辖江左一带。
⑥ **岂识浊醪妙理**：杜甫《晦日寻崔戢李封》诗中有"浊醪有妙理，庶用慰沉浮"句。

佳句品读

词人因无物（实指无人）可喜，只好将深情倾注于自然，不仅觉得青山"妩媚"，而且觉得似乎青山也以词人自己为"妩媚"了。将自己与青山作比，不仅隐含着知交零落的寂寞，更表现出傲视时辈、不与污浊之人同流合污的高洁情志。

【佳句接龙】

我见青山多妩媚，料青山见我应如是。（【南宋】辛弃疾《贺新郎》）→是疑他、春来倏忽，是疑岁别人□。（【南宋】刘辰翁《摸鱼儿·守岁》）→□年携手，暗约芳时还□。（【北宋】晁补之《感皇恩》）→□来愁似天来大，谁解相□。（【南宋】辛弃疾《丑奴儿》）→□风爱月方留恋，对月临风又送□。（【南宋】赵善括《鹧鸪天》）→□行且止，枯瓢枝上闲□。（【南宋】张炎《壶中天·咏周静镜园池》）→□语盟鸥，问春何处□。（【南宋】张炎《台城路·抵吴，书寄旧友》）→□在铜梁玉垒，将车骑、他日重□。（【南宋】王庭珪《满庭芳》）→□水人家，先得春光□。（【南宋】程垓《蝶恋花》）→□云扶日破新晴，旧碧寻芳草。（【南宋】张镃《烛影摇红·灯夕玉照堂梅花正开》）

答案： 我见青山多妩媚，料青山见我应如是。→是疑他、春来倏忽，是疑岁别人去。→去年携手，暗约芳时还近。→近来愁似天来大，谁解相怜。→怜风爱月方留恋，对月临风又送行。→行行且止，枯瓢枝上闲寄。→寄语盟鸥，问春何处好。→好在铜梁玉垒，将车骑、他日重临。→临水人家，先得春光嫩。→嫩云扶日破新晴，旧碧寻芳草。

宋词谜语

周郎新婚（打一句宋词）

谜底：小乔初嫁了

剩水残山无态度，被疏梅、料理成风月。

——【南宋】辛弃疾《贺新郎》

【佳句解析】

山水凋枯寥落，只有几树稀疏的梅花点缀风光。

【原作欣赏】

贺 新 郎

陈同父自东阳来过余①，留十日。与之同游鹅湖，且会朱晦庵于紫溪，不至，飘然东归。既别之明日，余意中殊恋恋，复欲追路。至鹭鹚林，则雪深泥滑，不得前矣。独饮方村，怅然久之，颇恨挽留之不遂也。夜半投宿吴氏泉湖四望楼，闻邻笛悲甚，为赋《贺新郎》以见意。又五日，同父书来索词，心所同然者如此，可发千里一笑。

把酒长亭说②。看渊明、风流酷似，卧龙诸葛③。何处飞来林间鹊，蹙踏松梢微雪④。要破帽多添华发。剩水残山无态度，被疏梅、料理成风月。两三雁，也萧瑟。　　佳人重约还轻别。怅清江、天寒不渡，水深冰合。路断车轮生四角，此地行人销骨⑤。问谁使、君来愁绝?铸就而今相思错⑥,料当初、费尽人间铁。长夜笛,莫吹裂。

注释

① **陈同父**:陈亮,字同甫,也作同父,南宋思想家、文学家,他是辛弃疾的朋友。
② **长亭**:古时路旁亭舍,常用作饯别处。
③ **卧龙**:徐庶对诸葛亮的美称。
④ **蹙**(cù):急,紧迫。
⑤ **销骨**:销魂,神伤。
⑥ **错**:错刀,这里以其谐音借指错误。

佳句品读

这两句表面写冬天四野凄凉的景色,实际是写南宋朝廷苟且偷安,不肯锐意恢复中原,因此只能国家残破。"疏梅",暗指力主抗金却力量单薄的志士,语意双关,蕴涵着深沉的忧国之叹。

【佳句接龙】

剩水残山无态度,被疏梅、料理成风月。(【南宋】辛弃疾《贺新郎》)➡ 月落溪穷清影在,日长春去画帘垂。(【南宋】吴文英《浣溪沙·题李中斋舟中梅屏》)➡ 泪送行人,湿破红妆。(【北宋】晏几道《生查子》)➡ 旋不禁风力,背人飞去还。(【北宋】黄裳《锦堂春·玩雪》)➡ 时柳上浅金黄,归路玉绵吹。(【北宋】晁补之)

《御街行·待命护国院,不得入国门,寄内》 → 帽檐尘重风吹野,帐角香销月满 。([南宋]史达祖《鹧鸪天·卫县道中,有怀其人》) → 前绿暗分携路,一丝柳、一寸柔 。([南宋]吴文英《风入松》) → 多易感,渐不觉鬓成 。([南宋]葛长庚《菊花新》) → 管闹南湖,湖上醉游时 。([北宋]晁补之《好事近·南都寄历下人》) → 来一霎过雨,为我洗秋容。([南宋]王炎《水调歌头·夜泛湘江》)

答案: 剩水残山无态度,被疏梅、料理成风月。→月落溪穷清影在,日长春去画帘垂。→垂泪送行人,湿破红妆面。→面旋不禁风力,背人飞去还来。→来时柳上浅金黄,归路玉绵吹帽。→帽檐尘重风吹野,帐角香销月满楼。→楼前绿暗分携路,一丝柳、一寸柔情。→情多易感,渐不觉鬓成丝。→丝管闹南湖,湖上醉游时晚。→晚来一霎过雨,为我洗秋容。

做(打一句宋词)

谜底:故抛人别处

金菊何堪逆风吹(打一句宋词)

谜底:满地黄花堆积

爱东西双涧，纵横水绕；两峰南北，高下云堆。

——【南宋】刘过《沁园春》

【佳句解析】

让人喜爱的是纵横流淌的两涧溪水，东西环绕；高低云起的两座山峰，南北雄踞。

【原作欣赏】

沁园春

寄辛承旨①。时承旨招，不赴。

斗酒彘肩，风雨渡江，岂不快哉！被香山居士②，约林和靖③，与坡仙老④，驾勒吾回⑤。坡谓西湖，正如西子，浓抹淡妆临镜台⑥。二公者，皆掉头不顾，只管衔杯。　　白云天竺去来，图画里，峥嵘楼观开。爱东西双涧，纵横水绕；两峰南北，高下云堆⑦。逋曰不然，暗香浮动⑧，争似孤山先探梅。须晴去，访稼轩未晚，且此徘徊⑨。

1. **辛承旨**：即辛弃疾。
2. **香山居士**：即白居易。
3. **林和靖**：即林逋。
4. **坡仙**：即苏轼。
5. **驾勒吾回**：强拉我回去。
6. **"坡谓西湖"句**：苏轼《饮湖上初晴后雨》诗中有"欲把西湖比西子，淡妆浓抹总相宜"的句子，此处化用。
7. **"爱东西双涧"句**：白居易《寄韬光禅师》诗中有"东涧水流西涧水，

南山云起北山云"的句子,此处化用。
- ⑧ **暗香浮动**:林逋《山园小梅》诗有"疏影横斜水清浅,暗香浮动月黄昏"的句子,此处化用。
- ⑨ **徘徊**:流连。

佳句品读

这两句动静结合,山水相映,错落有致,意境开阔,极言山水之美,使读者有身临其境、如在画中之感。

【作者简介】

刘过(1154—1206),字改之,号龙洲道人,南宋文学家。词风豪放激越,狂逸之中颇有俊致,著有《龙洲集》、《龙洲词》等。

【佳句接龙】

爱东西双涧,纵横水绕;两峰南北,高下云堆。【南宋】刘过《沁园春》➡ 堆檐平砌,晚来风定转飞。【南宋】管鉴《水调歌头·大雪登望京楼》➡ 辉璧月,照层台缥缈,蓬莱云。【南宋】赵善括《念奴娇》➡ 吞宇宙,当拥千骑静胡秋《水调歌头·赵可大生日》➡ 世几经朝暮,花神岂知今。【南

【宋】刘埙《天香·次韵赋牡丹》）➡ 今桂岭奇胜,骚客费平 。(【南宋】曾宏正《水调歌头·临桂水月洞》）➡ 台系马,灞水维舟,追念凤城人 。(【北宋】张景修《选冠子》）➡ 山低岸,贪看浅红深 。(【南宋】吕胜己《感皇恩·雁汊泊舟作》）➡ 遍东山,寒归西 。(【北宋】李之仪《踏莎行》）➡ 头人去,野船鸥立。(【南宋】陈三聘《秦楼月》）

答案:爱东西双涧,纵横水绕;两峰南北,高下云堆。→堆檐平砌,晚来风定转飞扬。→扬辉壁月,照层台缥缈,蓬莱云气。→气吞宇宙,当拥千骑静胡尘。→尘世几经朝暮,花神岂知今古。→古今桂岭奇胜,骚客费平章。→章台系马,灞水维舟,追念凤城人远。→远山低岸,贪看浅红深绿。→绿遍东山,寒归西渡。→渡头人去,野船鸥立。

宋词谜语

攸（打一句宋词）

谜底:此心到处悠然

梦回父母之邦（打一句宋词）

谜底:故国神游

第5章 季节时令

碧云天,黄叶地,秋色连波,波上寒烟翠。

——【北宋】范仲淹《苏幕遮》

【佳句解析】

碧蓝的天空飘着白云,金黄的树叶铺满大地,秋天的景色映入江上的碧波,水波上笼罩着一片苍翠寒烟。

【原作欣赏】

苏 幕 遮

碧云天,黄叶地,秋色连波,波上寒烟翠。山映斜阳天接水,芳草无情,更在斜阳外。　黯乡魂①,追旅思②,夜夜除非,好梦留人睡。明月楼高休独倚,酒入愁肠,化作相思泪。

❶ **黯乡魂**:思念家乡,心情颓丧。**黯**:形容心情忧郁。

❷ **追**:追随,可引申为纠缠。**旅思**(sī):旅居在外的愁思。

佳句品读

碧云、黄叶、绿波、翠烟，构成一幅色彩斑斓的画面，境界高远，而无描写秋景时往往会出现的衰败之气，极富色彩美和诗意美，为下文所抒之情奠定了深挚而不流于颓靡、秾丽而又悠远阔大的基调。

【作者简介】

范仲淹（989—1052），字希文，北宋著名政治家、思想家、军事家和文学家。著有《范文正公全集》等。

【佳句接龙】

碧云天，黄叶地，秋色连波，波上寒烟翠。（【北宋】范仲淹《苏幕遮》）➡ 翠柳艳明眉，戏秋千、谁家倩◯。（【北宋】黄庭坚《蓦山溪·春晴》）➡ ◯庭柯、都老大，树犹如◯。（【南宋】范成大《三登乐》）➡ ◯花独赋，天然标致，于中超◯。（【南宋】曹冠《水龙吟·梅》）➡ ◯山云，越江水，越王◯。（【南宋】汪元量《金人捧露盘·越州越王台》）➡ ◯上披襟，快风一瞬收残◯。（【北宋】周邦彦《点绛唇》）➡ 过山如洗，风来草似◯。（【北宋】王之道《南歌子》）➡ 洗楼台愁◯独倚，笙歌庭院醉谁◯。（【南宋】陈允平《浣溪沙》）➡ 头一任且◯留连，叹人世、光阴半◯。（【南宋】曾觌《鹊桥仙·同舍郎载酒见过，醉后作》）

花门外,烟翠霏微。(【南宋】辛弃疾《一剪梅》)

答案: 碧云天,黄叶地,秋色连波,波上寒烟翠。→翠柳艳明眉,戏秋千、谁家倩盼。→盼庭柯、都老大,树犹如此。→此花独赋,天然标致,于中超越。→越山云,越江水,越王台。→台上披襟,快风一瞬收残雨。→雨过山如洗,风来草似梳。→梳洗楼台愁独倚,笙歌庭院醉谁扶。→扶头一任且留连,叹人世、光阴半百。→百花门外,烟翠霏微。

宋词谜语

银蟾新满(打一句宋词)

谜底:皓月初圆

不肯画堂朱户,春风自在杨花。

——【北宋】王安国《清平乐·春晚》

【佳句解析】

杨花不肯进入豪门朱户,自由自在地在春风中飞舞。

【原作欣赏】

清平乐·春晚

留春不住,费尽莺儿语。满地残红宫锦污①,昨夜南园风雨。小怜初上琵琶②,晓来思绕天涯。**不肯画堂朱户,春风自在杨花。**

注释

❶ **满地残红宫锦污**：满地的落花败叶，像是把宫锦弄脏了一样。**宫锦**：古代专为宫廷织造的锦绢，这里比喻落花。

❷ **小怜**：北齐后主淑妃冯小怜善弹琵琶，这里借指弹琵琶的歌女。

佳句品读

杨花在春风中飞舞本是常见的景象，词人却为之加上"不肯画堂朱户"的品格，那自由自在的杨花，也透露出词人自己淡然自适的性情和不亲权贵的风骨。

【作者简介】

王安国（1028—1074），字平甫，王安石之弟，北宋诗人。著有《王校理集》等。

【佳句接龙】

不肯画堂朱户，春风自在杨花。（【北宋】王安国《清平乐·春晚》）

→花谢小妆残，莺困清歌 。（【北宋】毛滂《生查子·富阳道中》）→

魂别浦，自上孤舟如 。（【北宋】方千里《三部乐》）→ 叶红

衣当酒船，细细流霞 。（【南宋】葛立方《卜算子·席间再作》）→

觞须酹我，门外是清 。（【南宋】张孝祥《临江仙》）→ 天阔，几

行草字,字字含○。([南宋]刘克庄《八声甘州·雁》）→ ○绝未归客,衰鬓点吴○。([北宋]刘一止《水调歌头·和李泰发尚书泊舟严陵》）→ ○镜无痕清夜久,惟有惊鱼跳○。([北宋]刘一止《念奴娇·中秋后一夕泊舟城外》）→ ○门有碍,更堪寒暮雪飞○。([北宋]吕渭老《水调歌头·与小饮》）→ ○香染露,晓来衣润谁整。([南宋]辛弃疾《念奴娇·赋白牡丹和范廓之韵》）

答案：不肯画堂朱户,春风自在杨花。→花谢小妆残,莺困清歌断。→断魂别浦,自上孤舟如叶。→叶叶红衣当酒船,细细流霞举。→举觞须酹我,门外是清江。→江天阔,几行草字,字字含愁。→愁绝未归客,衰鬓点吴霜。→霜镜无痕清夜久,惟有惊鱼跳出。→出门有碍,更堪寒暮雪飞天。→天香染露,晓来衣润谁整。

朝云漠漠散轻丝,楼阁淡春姿。

——【北宋】周邦彦《少年游》

【佳句解析】

朝云迷蒙,飘散着轻轻雨丝,楼阁景色在这春天里也显得清清淡淡。

【原作欣赏】

少 年 游

朝云漠漠散轻丝①,楼阁淡春姿。柳泣花啼,九街泥重②,门外燕飞迟。　　而今丽日明金屋③,春色在桃枝。不似当时,小楼冲雨④,幽恨两人知。

注释

❶ **漠漠**:迷蒙广远貌。**轻丝**:细雨。
❷ **九街**:也称九陌,四通八达的道路,这里指京师街巷。
❸ **金屋**:华丽的房屋。《汉武故事》载,汉武帝曾说:"若得阿娇作妇,当以金屋贮之。"
❹ **冲雨**:冒雨,淋雨。

佳句品读

云雨迷蒙、楼阁隐现的春景之中,折射出往昔故事发生的时间、地点,也流露出词人在追忆往事时的伤感,与下文春光明媚、重聚欢愉形成了鲜明的对比。

【佳句接龙】

朝云漠漠散轻丝,楼阁淡春姿。([北宋]周邦彦《少年游》)

➡ 姿禀厚,骨骼异,气神　。([宋代]无名氏《水调歌头》)➡ 歌妙舞,急管繁　。([北宋]晏殊《长生乐》)➡ 上语,梦中人,天外　。([北宋]吕渭老《握金钗》)➡ 言多磨,刚被山禽,一声催　。([北宋]杨无咎《两同心·梦牛楚》)➡ 来弦管,声在霜　。([北宋]杨无咎《柳梢青》)➡ 对秦镜尚缺,暗结回肠　。([南宋]陈允

平《丁香结》→ 寸柔肠,盈盈粉 。([北宋]欧阳修《踏莎行》)→

落胭脂,界破蜂黄 。([北宋]宋祁《蝶恋花·情景》)→ 浅余

寒春半,雪消蕙草初长。([北宋]晏几道《临江仙》)

答案:朝云漠漠散轻丝,楼阁淡春姿。→姿禀厚,骨骼异,气神清。→清歌妙舞,急管繁弦。→弦上语,梦中人,天外信。→信言多磨,刚被山禽,一声催晓。→晓来弦管,声在霜空。→空对秦镜尚缺,暗结回肠寸。→寸寸柔肠,盈盈粉泪。→泪落胭脂,界破蜂黄浅。→浅浅余寒春半,雪消蕙草初长。

稻花香里说丰年,听取蛙声一片。

——【南宋】辛弃疾《西江月·夜行黄沙道中》

【佳句解析】

稻花香里传来一片蛙声,似乎在诉说丰收的年景。

【原作欣赏】

西江月·夜行黄沙道中①

明月别枝惊鹊②,清风半夜鸣蝉。<mark>稻花香里说丰年,听取蛙声一片。</mark>　七八个星天外,两三点雨山前。旧时茅店社林边③,路转溪桥忽见④。

❶ **黄沙**:江西省上饶市黄沙岭乡黄沙村。黄沙道指从该村的茅店到大屋村的黄沙岭之间约20千米的乡村道路,南宋时是一条直通上饶的比较繁华的官道。

❷ **别枝惊鹊**:惊动乌鹊飞离树枝。

③ **茅店**：茅草盖的乡村旅店。**社林**：土地庙附近的树林。
④ **见**：同"现"。

佳句品读

稻花飘香折射出关心民生的词人此时正心情愉悦，而谈论丰收的不是人而是蛙，这种新奇的想象正是词人匠心独运之处，让人仿佛也感染了那种生机勃勃的喜悦。

【佳句接龙】

稻花香里说丰年，听取蛙声一片。（【南宋】辛弃疾《西江月·夜行黄沙道中》）→ 片片云藏雨，重重雾隐○。（【北宋】吕渭老《南歌子》）

→ ○绕吴城，修竹外，满林围。（【北宋】吕渭老《满江红·次杨子耕韵》）→ ○水东流，漫题凉叶津头。（【北宋】晏几道《点绛唇》）

→ ○语东君，莫教一片轻。（【南宋】洪咨夔《风流子·和杨帅芍》）

→ ○雪满貂裘、马蹄轻。（【南宋】王庭珪《感皇恩》）→ 雨送行色，把剑渡长○。（【南宋】李曾伯《水调歌头·丁未沿檄过颍寿》）→

○浦烽销，未央觞献，捷传清。（【南宋】李曾伯《水龙吟·庚子寿史丞相》）→ ○长庭院深深，春柔一枕流霞。（【南宋】方岳《水龙

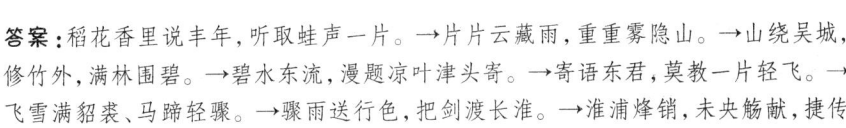

吟·和朱行父海棠》)→眼渺河洛，遗恨夕阳中。(【南宋】方岳《水调歌头·平山堂用东坡韵》)

答案：稻花香里说丰年，听取蛙声一片。→片片云藏雨，重重雾隐山。→山绕吴城，修竹外，满林围碧。→碧水东流，漫题凉叶津头寄。→寄语东君，莫教一片轻飞。→飞雪满貂裘，马蹄轻骤。→骤雨送行色，把剑渡长淮。→淮浦烽销，未央觞献，捷传清昼。→昼长庭院深深，春柔一枕流霞醉。→醉眼渺河洛，遗恨夕阳中。

趣味宋词

宋词中的颜色

请在下列各句宋词的括号内填入颜色的名称。

① 东篱有（　　）蕊绽，是幽人、最爱折浮觞。
② 周衮归来，凤池麟阁，双鬓犹（　　）。
③ 笙箫声里，一江晴（　　）吹绉。
④ 又（　　）箫第一曲，还吹别调，楚际吴旁。
⑤ 题未了，又笑骑（　　）鹤，飞下扬州。
⑥ 待（　　）松、化尽苍龙头角，共乘云去。
⑦ 问班衣、戏彩是何人，（　　）袍客。
⑧ 愁损一番寒食，小窗淡月残（　　）。
⑨ 知音何许，泪痕空沁愁（　　）。
⑩ 空巷逐（　　）幡，步春风、香河七里。

答案：① 黄　② 黑　③ 绿　④ 紫　⑤ 白　⑥ 青　⑦ 蓝　⑧ 红　⑨ 碧　⑩ 朱

楚天千里清秋，水随天去秋无际。

——【南宋】辛弃疾《水龙吟·登建康赏心亭》

【佳句解析】

南国的秋天，千里清冷寂寥，江水朝着天边流去，秋意无边无际。

【原作欣赏】

水龙吟·登建康赏心亭①

楚天千里清秋，水随天去秋无际。遥岑远目②，献愁供恨，玉簪螺髻③。落日楼头，断鸿声里④，江南游子。把吴钩看了⑤，栏杆拍遍，无人会、登临意。　　休说鲈鱼堪脍，尽西风、季鹰归未⑥？求田问舍，怕应羞见，刘郎才气⑦。可惜流年⑧，忧愁风雨，树犹如此⑨。倩何人唤取⑩，红巾翠袖⑪，揾英雄泪⑫？

① **建康**：今江苏南京。
② **遥岑**（cén）：远山。
③ **玉簪螺髻**（jì）：这里形容高低形状各不相同的群山。**螺髻**：螺旋盘结的发髻。
④ **断鸿**：失群的孤雁。
⑤ **吴钩**：本指古代吴地制造的一种弯形的刀，后代指利剑。
⑥ **季鹰**：《晋书·张翰传》载，张翰（字季鹰）在洛阳做官，见秋风起，因想到家乡吴中的菰菜、莼羹和鲈鱼脍，遂弃官而归。
⑦ **"求田"句**：《三国志·魏书·陈登传》载，许汜（sì）曾向刘备抱怨陈登看不起他，"久不相与语，自上大床卧，使客卧下床"。刘备批评许汜在国家危难之际只知置地买房，"如小人（刘备自称），欲卧百尺

楼上,卧君于地,何但上下床之间邪"。**求田问舍**:置地买房。**刘郎**:刘备。

⑧ **流年**:流逝的时光。
⑨ **树犹如此**:《世说新说·言语》载,桓温北伐经金城,见从前所植柳树已长得十分粗大,慨然叹道:"木犹如此,人何以堪!"
⑩ **倩**:请托。
⑪ **红巾翠袖**:代指女子。
⑫ **揾**(wèn):擦拭。

佳句品读

这两句以秋季江天辽远的景象开篇,境界阔大,笔力遒劲,为触发下文词人的家国之恨提供了背景,极富感染力。

【佳句接龙】

楚天千里清秋,水随天去秋无际。(【南宋】辛弃疾《水龙吟·登建康赏心亭》)➡ 际万里月明,无点云。(【南宋】赵以夫《桂枝香·四明中秋》)➡ 展天机,光摇海。(【南宋】张炎《踏莎行·跋伯时弟抚松寄傲诗集》)➡ 阚珠宫,环佩月中。(【南宋】刘将孙《江城子·和子昂题水仙花卷》)➡ 时醉面春风醒,花雾隔疏。(【北宋】方千里《少年游》)➡ 漏长,酒醒人语,睥睨有啼。(【北宋】方千里《渡

（江云》）→ 阵不知人意，黄昏飞向城 。（【南宋】李珏《木兰花慢·寄豫章故人》）→ 戴笠，日亭 。（【南宋】仇远《金缕曲》）→ 后醒来，柳絮飞撩 。（【北宋】欧阳修《蝶恋花》）→ 飘僧舍，密洒歌楼，迤逦渐迷鸳瓦。（【北宋】柳永《望远行》）

答案：楚天千里清秋，水随天去秋无际。→际万里月明，无点云色。→色展天机，光摇海贝。→贝阙珠宫，环佩月中归。→归时醉面春风醒，花雾隔疏更。→更漏长，酒醒人语，睥睨有啼鸦。→鸦阵不知人意，黄昏飞向城头。→头戴笠，日亭午。→午后醒来，柳絮飞撩乱。→乱飘僧舍，密洒歌楼，迤逦渐迷鸳瓦。

麻团（打一句宋词）

谜底：剪不断，理还乱

檐花旧滴，帐烛新啼，香润残冬被。

——【南宋】吴文英《解语花·立春风雨中饯处静》

【佳句解析】

室外屋檐淅淅沥沥地滴着残留的雪水，室内帐边烛台上正流淌着烛泪，香气浸润进越冬的被子里。

第6章 季节时间

【原作欣赏】

解语花·立春风雨中饯处静①

檐花旧滴，帐烛新啼，香润残冬被。澹烟疏绮。凌波步、暗阻傍墙挑荠。梅痕似洗。空点点、年华别泪②。花鬓愁，钗股笼寒，彩燕沾云腻。　　还斗辛盘葱翠③，念青丝牵恨，曾试纤指。雁回潮尾。征帆去、似与东风相避④。泥云万里。应翦断、红情绿意。年少时，偏爱轻怜，和酒香宜睡。

1. **处静**：吴文英原出翁姓，后出嗣吴氏，其弟翁元龙，字时可，号处静。
2. **别**：一本作"清"。
3. **辛盘**：古时以葱、蒜、韭等杂合在一起，取迎新之意，谓之五辛盘。
4. **征帆去、似与东风相避**：一本作"东风到、似与去帆相避"。

佳句品读

"旧滴"、"新啼"实际都是离别之泪，词人的思绪和目光从室外转入室内，"香润残冬被"则营造出一种缠绵悱恻的氛围，也暗扣"立春"之意，为下文的展开构建了空间环境。

【作者简介】

吴文英（约1200—1260），字君特，号梦窗，晚年又号觉翁，南宋词人。其词风格雅致，密丽深幽，多酬答、伤时与忆悼之作，著有《梦窗词集》等。

【佳句接龙】

檐花旧滴，帐烛新啼，香润残冬被。（【南宋】吴文英《解语花·立春风雨中饯处静》）➡ 被冷香消新梦觉，不许愁人不___。（【南宋】李清照《念奴娇·春情》）➡ 舞徘徊风露下，今夕不知何___。（【北宋】苏轼《念奴娇·中秋》）➡ 阳波似动，曲水风犹___。（【北宋】李之仪《早梅芳》）➡ 读诗书，欠伸扶杖，几案任生___。（【北宋】晁补之《少年游》）➡ 埃大地如水，儿女不堪___。（【南宋】刘辰翁《水调歌头·癸未中秋，吉文共马德昌泛江》）➡ 是明朝酒醒，听著返魂___。（【南宋】刘辰翁《八声甘州·送春韵》）➡ 鼓传声，楼台倒影，不类人间___。（【南宋】吴琚《念奴娇·题浮玉石簰山》）➡ 间法，唯此事，最堪___。（【北宋】李纲《水调歌头·和李似之横山对月》）➡ 栏小语花梢月，缓步偷拈石上萤。（【北宋】吕渭老《思佳客》）

答案：檐花旧滴，帐烛新啼，香润残冬被。→被冷香消新梦觉，不许愁人不起。→起舞徘徊风露下，今夕不知何夕。→夕阳波似动，曲水风犹懒。→懒读诗书，欠伸扶杖，几案任生尘。→尘埃大地如水，儿女不堪愁。→愁是明朝酒醒，听著返魂钟。→钟鼓传声，楼台倒影，不类人间世。→世间法，唯此事，最堪凭。→凭栏小语花梢月，缓步偷拈石上萤。

第 6 章 喜怒哀乐

> 浮生长恨欢娱少,肯爱千金轻一笑。
>
> ——【北宋】宋祁《玉楼春》

【佳句解析】

人生虚浮无定,总是遗憾欢乐太少,又怎能为了千金钱财而看轻一笑呢。

【原作欣赏】

玉 楼 春

东城渐觉风光好,縠皱波纹迎客棹①。绿杨烟外晓寒轻,红杏枝头春意闹。浮生长恨欢娱少,肯爱千金轻一笑②。为君持酒劝斜阳,且向花间留晚照③。

① 縠(hú)皱:即绉纱,有皱褶的纱。这里比喻细密的水波。棹:船桨,这里代指船。

② 肯爱:怎肯爱惜。

③ 晚照:晚日的余晖。

佳句品读

在前面已铺垫了春日里种种大好风光之后,这两句尤显词人对人生苦短而更应看淡功名利禄以求人生乐趣的感叹如此深刻,其对美好春日的珍视与对欢乐时光的爱惜,如在眼前。

【作者简介】

宋祁(998—1061),字子京,北宋文学家,与兄宋庠并有文名,时称"二宋"。其词言语工丽,多写个人生活琐事,著有《宋景文集》等。

【佳句接龙】

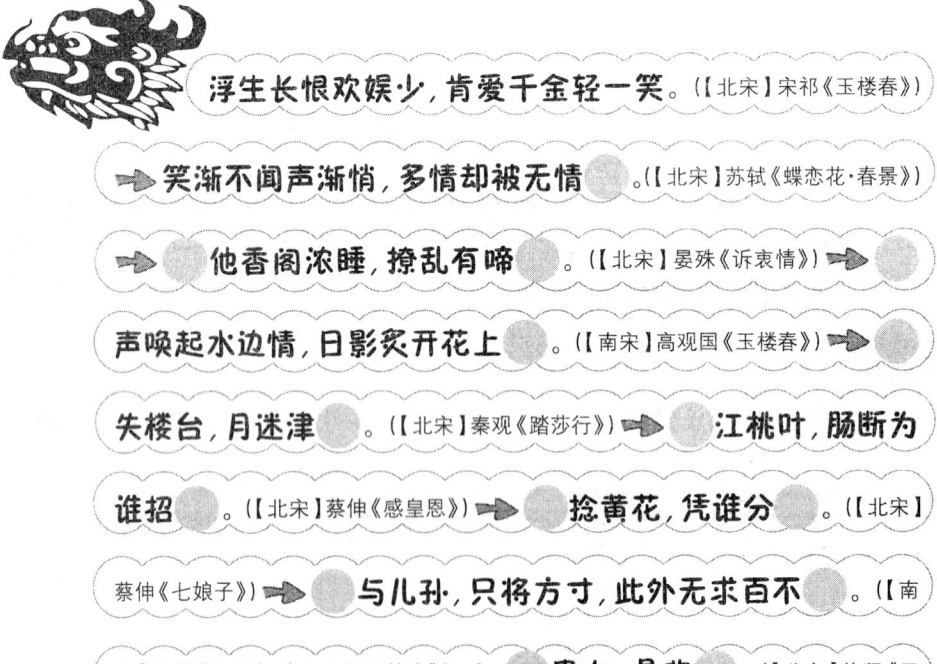

浮生长恨欢娱少,肯爱千金轻一笑。(【北宋】宋祁《玉楼春》)

➡ 笑渐不闻声渐悄,多情却被无情恼。(【北宋】苏轼《蝶恋花·春景》)

➡ 恼他香阁浓睡,撩乱有啼莺。(【北宋】晏殊《诉衷情》)➡

莺声唤起水边情,日影炙开花上露。(【南宋】高观国《玉楼春》)➡

雾失楼台,月迷津渡。(【北宋】秦观《踏莎行》)➡ 渡江桃叶,肠断为

谁招。(【北宋】蔡伸《感皇恩》)➡ 招捻黄花,凭谁分付。(【北宋】

蔡伸《七娘子》)➡ 付与儿孙,只将方寸,此外无求百不思。(【南

宋】陈著《沁园春·寿六二叔父德光》)➡ 思患大,是非多。(【北宋】徐积《君

情对景易感,况淮天庾岭,迢递相望。(【北宋】王安礼《万年欢》)

答案： 浮生长恨欢娱少,肯爱千金轻一笑。→笑渐不闻声渐悄,多情却被无情恼。→恼他香阁浓睡,撩乱有啼莺。→莺声唤起水边情,日影炙开花上雾。→雾失楼台,月迷津渡。→渡江桃叶,肠断为谁招手。→手捻黄花,凭谁分付。→付与儿孙,只将方寸,此外无求百不忧。→忧患大,是非多。→多情对景易感,况淮天庾岭,迢递相望。

红杏枝头春意闹尚书

宋祁和其兄宋庠皆有文名,分别被称为"小宋"、"大宋"。宋祁因其《玉楼春》词中的"红杏枝头春意闹"一句而广为人知,有一次他去拜访张先,叫仆人先进门通报,说尚书想见云破月来花弄影郎中,张先就在内答道："是红杏枝头春意闹尚书吗？"

某天宋祁路过街市,有宫车疾驰而来,车过时,宋祁忽然听见车中有一女子掀起帘子道了一声："小宋也。"他归家后便赋了一首《鹧鸪天》："画毂雕鞍狭路逢,一声肠断绣帘中。身无彩凤双飞翼,心有灵犀一点通。金作屋,玉为笼,车如流水马游龙。刘郎已恨蓬山远,更隔蓬山几万重。"

此词一出,不久就传遍京城,甚至传入了宫中。宋仁宗知道了,就问是谁在帘内呼小宋。有一宫女上前说道,她前些日子侍奉皇帝宴请翰林学士,听到左右内臣说到过小宋,那次在大街上偶然看到了宋祁,于是就叫了一声。仁宗召见宋祁说起了这事,宋祁惶恐不安,仁宗笑道："蓬山不远。"于是便把这位宫女赐给了宋祁。

十年生死两茫茫，不思量，自难忘。

——【北宋】苏轼《江城子·乙卯正月二十日夜记梦》

【佳句解析】

生死隔绝，十年音讯都渺茫，不去思念，却本来就难忘。

【原作欣赏】

江城子·乙卯正月二十日夜记梦①

十年生死两茫茫②，不思量③，自难忘。千里孤坟④，无处话凄凉。纵使相逢应不识，尘满面，鬓如霜。　　夜来幽梦忽还乡⑤，小轩窗⑥，正梳妆。相顾无言⑦，惟有泪千行。料得年年肠断处，明月夜，短松冈⑧。

① **乙卯**：1075年，即北宋熙宁八年。
② **十年**：指苏轼妻子王弗去世已十年。
③ **思量**：想念。
④ **千里**：王弗葬地四川眉山与苏轼任所山东密州，相隔遥远，故称"千里"。**孤坟**：指王弗之墓。
⑤ **幽梦**：梦境隐约，故云幽梦。
⑥ **小轩窗**：指小室的窗前。
⑦ **顾**：看。
⑧ **短松冈**：指苏轼葬妻之地。**短松**：矮松。

佳句品读

生死相隔,即使已过十年,但活着的人对逝者依然感念在心,难以忘怀,这两句用语真挚朴素,却又沉郁感人。

【佳句接龙】

十年生死两茫茫,不思量,自难忘。(【北宋】苏轼《江城子·乙卯正月二十日夜记梦》)➡ 忘机对景,咫尺群鸥相□。(【北宋】黄裳《瑶池月·烟波行》)➡ □取抱琴人住处,水浅山□。(【南宋】陈著《浪淘沙·与前人》)➡ □淡晓妆新意态,独占西□。(【南宋】韩元吉《浪淘沙·芍药》)➡ □中桃李使君家,城上亭台游客□。(【北宋】苏轼《木兰花令》)➡ □中吹坠白纶巾,溪风漾流□。(【北宋】苏轼《好事近·湖上》)➡ □中吹笛下巴陵,条华赴前□。(【南宋】陆游《好事近·十二之十》)➡ 略整环钗影动,迟回顾步佩声□。(【北宋】贺铸《摊破浣溪沙》)➡ □波澄不动,冷浸一天□。(【北宋】秦观《临江仙·二之一》)➡ □河畔,仙车缥缈云路。(【北宋】李弥逊《花心动·七夕》)

答案：十年生死两茫茫，不思量，自难忘。→忘机对景，咫尺群鸥相认。→认取抱琴人住处，水浅山浓。→浓淡晓妆新意态，独占西园。→园中桃李使君家，城上亭台游客醉。→醉中吹坠白纶巾，溪风漾流月。→月中吹笛下巴陵，条华赴前约。→约略整环钗影动，迟回顾步佩声微。→微波澄不动，冷浸一天星。→星河畔，仙车缥缈云路。

暮雨未收（打一句宋词）

谜底：到黄昏、点点滴滴

奈愁极频惊，梦轻难记，自怜幽独。

——【北宋】周邦彦《大酺》

【佳句解析】

怎奈心中愁闷至极，连连被雨声惊醒，梦境又是那么恍惚轻浅难以记住，只有自伤自怜孤苦伶仃。

【原作欣赏】

大　酺

对宿烟收，春禽静，飞雨时鸣高屋。墙头青玉旆①，洗铅霜都尽②，嫩梢相触。润逼琴丝，寒侵枕障，虫网吹粘帘竹。邮亭无人处，听檐声不断，困眠初熟。**奈愁极频惊，梦轻难记，自怜幽独。**

行人归意速,最先念、流潦妨车毂③。怎奈向、兰成憔悴④,卫玠清羸⑤,等闲时、易伤心目。未怪平阳客⑥,双泪落,笛中哀曲。况萧索,青芜国⑦。红糁铺地⑧,门外荆桃如菽,夜游共谁秉烛。

注释

① 青玉旆(pèi):比喻新竹。旆:古代旗末燕尾状饰品。
② 铅霜:指竹子的箨粉。
③ 流潦(liǎo):道路积水。毂(gǔ):车轮中心的圆木,周围与车辐的一端相接,中有圆孔,可以插轴,借指车轮或车。
④ 兰成:庾信,字兰成,初仕梁,后留北周。
⑤ 卫玠清羸(léi):晋卫玠美貌而有羸疾。
⑥ 平阳客:后汉马融性好音乐,独卧平阳,闻人吹笛而悲,故称平阳客。
⑦ 青芜国:杂草丛生地。
⑧ 红糁(sǎn):指落花。糁:米粒。

佳句品读

孤身在外,听雨而眠却睡不安稳,也许梦中所见也是一片愁云惨淡,只是梦境轻浅难以记忆,醒来更添羁旅之愁,这几句将旅人的心绪描摹得极其细致入微。

【佳句接龙】

奈愁极频惊,梦轻难记,自怜幽独。(【北宋】周邦彦《大酺》)

独立沧浪忘却归,不觉霜华 。(【北宋】向子諲《卜算子·中秋欲雨还晴,惠力寺江月亭用东坡先生韵示诸禅老寄徐师川枢密》)

云疏雨,暗

香寒艳,万玉明清。（【北宋】曹勋《青玉案》）→ 寒料峭尚欺

人,春态苗条先到。（【北宋】毛滂《玉楼春·己卯岁元日》）→ 畔

鸳鸯作伴,花边蝴蝶为。（【北宋】毛滂《西江月·县圃小酌》）→

中安石,村中居易,总是一场游。（【南宋】汪莘《鹊桥仙·书所作词后》）

→ 蝶初闲,轻摇粉翅,高低飞。（【南宋】赵师侠《柳梢青·聚八

仙花》）→ 萤凉夜沈沈月,障面清歌澹澹。（【南宋】高观国《思

佳客·秋扇》）→ 千散后朦胧月,满院人。（【北宋】晏几道《采桑

子》）→ 荡木兰舟,误入双鸳浦。（【北宋】晏几道《生查子》）

答案： 奈愁极频惊,梦轻难记,自怜幽独。→独立沧浪忘却归,不觉霜华冷。→冷云疏雨,暗香寒艳,万玉明清晓。→晓寒料峭尚欺人,春态苗条先到柳。→柳畔鸳鸯作伴,花边蝴蝶为家。→家中安石,村中居易,总是一场游戏。→戏蝶初闲,轻摇粉翅,高低飞扑。→扑萤凉夜沈沈月,障面清歌澹澹秋。→秋千散后朦胧月,满院人闲。→闲荡木兰舟,误入双鸳浦。

医务工作者会议（打一句宋词）

谜底：满座衣冠似雪

愁旋释,还似织;泪暗拭,又偷滴。

——【北宋】李甲《帝台春》

【佳句解析】

愁情刚刚散去,一会儿又如密网细细织起;眼泪暗暗擦去,却控制不住再次偷偷滴落。

【原作欣赏】

帝台春

芳草碧色,萋萋遍南陌。暖絮乱红,也知人,春愁无力。忆得盈盈拾翠侣①,共携赏、凤城寒食②。到今来,海角逢春,天涯为客。愁旋释③,还似织;泪暗拭,又偷滴。谩伫立④,倚遍危阑,尽黄昏、也只是暮云凝碧。拚则而今已拚了⑤,忘则怎生便忘得。又还问鳞鸿⑥,试重寻消息。

注释

① **拾翠**:原指拾取翠鸟羽毛,后泛指女子的踏青嬉游。
② **凤城**:指京都。
③ **旋**:刚才,刚刚。
④ **谩**:空自,白白地。
⑤ **拚**:舍弃,不顾惜。
⑥ **鳞鸿**:鱼雁,古人认为鱼和雁能传书信。

【佳句品读】

愁情似网困人，无处遁逃；"暗拭"、"偷滴"可见独自伤怀，无人可诉。这几句写出了愁不可解、悲不可遏的情状，用字生动精练，情感十分细腻。

【作者简介】

李甲（生卒年不详），字景元，自号华亭逸人，北宋元符年间任县令。善填词，工小令，有闻于时，著有《李景元词》等。

【佳句接龙】

愁旋释，还似织；泪暗拭，又偷滴。（【北宋】李甲《帝台春》）

➡ 滴露飞霜，雪壑注冰。（【北宋】王质《江城子》）➡ 泻布，星飞。（【南宋】赵善括《满江红·舣舟南良作》）➡ 上一般清意味，不羡渔。（【南宋】张炎《浪淘沙·题许由掷瓢手卷》）➡ 衣湿，森如。（【北宋】王质《满江红·渔舟》）➡ 尽时妆，效颦西子，不负东。（【南宋】周密《柳梢青》）➡ 晓相催，世事何时。（【北宋】王诜《蝶恋花》）➡ 却官痴归去好，有竹窗、蓬户生涯。（【南宋】李曾伯《贺新郎·丁巳初度自赋》）➡ 城郭何如，英雄安在，何说解孤。（【南宋】李曾伯《摸鱼儿·和陈次贾仲宣楼韵》）➡ 檄书青奏，伏愿听臣言。（【北宋】朱敦儒《水调歌头·对月有感》）

答案：愁旋释，还似织；泪暗拭，又偷滴。→滴露飞霜，雪壑注冰泉。→泉泻布，星飞石。→石上一般清意味，不羡渔蓑。→蓑衣湿，森如洗。→洗尽铅妆，效颦西子，不负东昏。→昏晓相催，世事何时了。→了却官痴归去好，有竹窗、蓬户生涯旧。→旧城郭何如，英雄安在，何说解孤愤。→愤激书青奏，伏愿听臣言。

宋词谜语

冰雕（打一句宋词）

谜底：表里俱澄澈

只恐双溪舴艋舟，载不动许多愁。

——【南宋】李清照《武陵春·春晚》

【佳句解析】

　　只是恐怕漂浮在双溪上的小船，载不动那么多忧愁。

【原作欣赏】

武陵春·春晚

　　风住尘香花已尽，日晚倦梳头。物是人非事事休，欲语泪先流。　闻说双溪春尚好①，也拟泛轻舟②。只恐双溪舴艋舟③，载不动许多愁。

注释

① **双溪**：水名，在今浙江金华城南。
② **拟**：准备，打算。
③ **舴艋舟**：小船。

佳句品读

诗文中常把愁怨比作连绵不断的流水，比作斩尽还生的野草，而李清照则另铸新辞：自己的愁重得连船都承载不动，设想新奇独特，自然妥帖，上承前文，流转无迹。

【佳句接龙】

只恐双溪舴艋舟，载不动许多愁。（【南宋】李清照《武陵春·春晚》）➡ 愁对婵娟三五，素光暂缺还〇。（【南宋】王炎《木兰花慢》）

➡ 〇盈山馆，纷纷客路，相思谁〇。（【北宋】孔夷《水龙吟》）➡

〇此一尊月，顾影为〇。（【南宋】张元幹《八声甘州·陪筠翁小酌横山阁》）

➡ 〇家疏柳低迷，几点流萤明〇。（【南宋】张元幹《石州慢·己酉秋吴兴舟中作》）➡ 〇烛却延明月，揽衣先怯微〇。（【北宋】陈师道《清平乐·二之二》）➡ 〇风吹帽，横槊试登〇。（【北宋】吴则礼《满庭芳·九日》）➡ 〇台在否，登临休赋，忍见旧时明〇。（【南宋】周密《庆宫

（【南宋】赵元父《过吴春·送赵元父过吴》）→ 月地无尘，珠宫不夜，翠笼谁炼铅。（【南宋】周密《夜合花·茉莉》）→ 霜风擢霓，云涛涨晚，更觉我心弥壮。（【北宋】王之道《鹊桥仙》）

答案： 只恐双溪舴艋舟，载不动许多愁。→愁对婵娟三五，素光暂缺还盈。→盈盈山馆，纷纷客路，相思谁共。→共此一尊月，顾影为谁。→谁家疏柳低迷，几点流萤明灭。→灭烛却延明月，揽衣先怯微凉。→凉风吹帽，横槊试登高。→高台在否，登临休赋，忍见旧时明月。→月地无尘，珠宫不夜，翠笼谁炼铅霜。→霜风擢霓，云涛涨晚，更觉我心弥壮。

宋词谜语

早春二月（打一句宋词）

谜底：乍暖还寒时候

怒发冲冠，凭栏处、潇潇雨歇。

——【南宋】岳飞《满江红·写怀》

【佳句解析】

愤怒得头发直竖，将帽子顶起，登高凭栏，骤急的风雨刚刚停歇。

【原作欣赏】

满江红·写怀

怒发冲冠①，凭栏处、潇潇雨歇②。抬望眼，仰天长啸③，壮怀激烈。三十功名尘与土④，八千里路云和月⑤。莫等闲⑥，白了少年头，空悲切！　　靖康耻⑦，犹未雪；臣子恨，何时灭？驾长车，踏破贺兰山缺⑧。壮志饥餐胡虏肉，笑谈渴饮匈奴血。待从头、收拾旧山河，朝天阙⑨！

注释

① **怒发冲冠**：愤怒得头发直竖，将帽子顶起，形容愤怒至极。
② **潇潇**：形容雨势急骤。
③ **长啸**：感情激动时撮口发出清而长的声音，为古人的一种抒情举动。
④ **三十功名尘与土**：30年来建立了一些功名，不过很微不足道。
⑤ **八千里路云和月**：形容南征北战路途遥远、披星戴月。
⑥ **等闲**：轻易，随便。
⑦ **靖康耻**：宋钦宗靖康二年（1127），金兵攻陷汴京，掳走徽钦二帝。
⑧ **贺兰山**：贺兰山脉位于今宁夏回族自治区与内蒙古自治区交界处。
⑨ **朝天阙**：朝见皇帝。**天阙**：本指宫殿前的楼观，此指皇帝生活的地方。

佳句品读

"怒发冲冠"表现出十分强烈的愤怒感情，这是词人的理想与现实发生尖锐矛盾的结果，而这种激烈的情感，在"凭栏处、潇潇雨歇"的环境里，更增添了一种"风萧萧兮易水寒"的悲剧英雄式的色彩。

【作者简介】

岳飞（1103—1142），字鹏举，南宋著名军事家、抗金名将，著有《岳武穆集》等。

第一章 喜怒哀乐

【佳句接龙】

怒发冲冠，凭栏处、潇潇雨歇。（【南宋】岳飞《满江红·写怀》）

→歇了传岩霖雨，闲了孤舟野渡，旒冕合知▢。（【南宋】吴芾《水调歌头·寿徐大参九月二十六》）→▢空道亦空，风静林还▢。（【北宋】徐俯《卜算子》）→▢观物理，从他荣悴开▢。（【南宋】赵希蓬《念奴娇》）→▢尽桃花，无人扫红▢。（【南宋】汤恢《祝英台近》）→▢后南山耸翠，平野欲生▢。（【北宋】晁补之《八声甘州·历下立春》）→▢锁长堤，云横孤屿，断桥流水溶▢。（【北宋】蔡伸《满庭芳》）→▢溶王气满东南，英雄闲▢。（【南宋】陈允平《西河》）→▢来云鬟乱，不妆红粉，下阶且上秋▢。（【北宋】欧阳修《满路花》）→▢山上去梦魂轻，片帆似下蛮溪水。（【南宋】陈亮《踏莎行·怀叶八十推官》）

答案： 怒发冲冠，凭栏处，潇潇雨歇。→歇了传岩霖雨，闲了孤舟野渡，旒冕合知心。→心空道亦空，风静林还静。→静观物理，从他荣悴开落。→落尽桃花，无人扫红雪。→雪后南山耸翠，平野欲生烟。→烟锁长堤，云横孤屿，断桥流水溶溶。→溶溶王气满东南，英雄闲起。→起来云鬟乱，不妆红粉，下阶且上秋千。→千山上去梦魂轻，片帆似下蛮溪水。

宋词谜语

伴君如伴虎（打一句宋词）

谜底：高处不胜寒

而今识尽愁滋味，欲说还休。

——【南宋】辛弃疾《丑奴儿·书博山道中壁》

【佳句解析】

现在尝尽了忧愁的滋味，想说却说不出来了。

【原作欣赏】

丑奴儿·书博山道中壁[1]

少年不识愁滋味，爱上层楼。爱上层楼，为赋新词强说愁[2]。而今识尽愁滋味，欲说还休。欲说还休，却道天凉好个秋。

注释

❶ **博山**：在今江西广丰县西南。
❷ **强说愁**：无愁而勉强说愁。

佳句品读

在词的上片,词人还是年轻不经世事,不知愁而勉强说愁;到了词的下片,词人阅历渐多而识尽愁滋味,反而再也无可言说。这当中蕴含了种种复杂的感情,一个"尽"字实际也提示了这点,而"欲说还休"更是让人沉思词人愁尽而无言的原因。

【佳句接龙】

而今识尽愁滋味,欲说还休。(【南宋】辛弃疾《丑奴儿·书博山道中壁》)➡ 休说参军俊逸,应难过、开府清 。(【北宋】王之道《满庭芳·和同漕彦约送秦寿之》)➡ 绿旧红春又老,少玄老白人生 。(【南宋】蒋捷《满江红》)➡ 度东风吹世换,千年往事随潮 。(【南宋】戴复古《满江红·赤壁怀古》)➡ 去凤皇池上,见龟巢连 。(【南宋】赵长卿《好事近》)➡ 底雏鸾,犹记日斜春 。(【北宋】吴则礼《声声慢·凤林园词》)➡ 来恻恻清寒,冻云万里回飞 。(【南宋】袁去华《水龙吟·雪》)➡ 影度疏木,天势入平 。(【南宋】袁去华《水调歌头》)➡ 山照影,正日长娇困,不频匀 。(【南宋】沈端节《念奴娇》)➡ 地烧香,且看散天花。(【南宋】辛弃疾《江神子·闻蝉蛙戏作》)

答案: 而今识尽愁滋味,欲说还休。→休说参军俊逸,应难过、开府清新。→新绿旧红春又老,少玄老白人生几。→几度东风吹世换,千年往事随潮去。→去去凤皇池上,见龟巢莲叶。→叶底雏鸾,犹记日斜春晚。→晚来侧侧清寒,冻云万里回飞鸟。→鸟影度疏木,天势入平湖。→湖山照影,正日长娇困,不烦匀扫。→扫地烧香,且看散天花。

趣味宋词

宋词中的雨

请在下列各句宋词的括号内填入描摹雨的形容词。

① 一眼平芜看不尽,夜来（　　）雨催新碧。

② 斜风（　　）雨,正无聊情绪,天涯寒食。

③ 寄相思,（　　）雨灯窗,芙蓉旧院。

④ 润寒梅（　　）雨,卷灯火、暗尘香。

⑤ 电影雷声催（　　）雨,十分凉。

⑥ 寒浅香轻,早一霎、朝来（　　）雨。

⑦ 笑杏坞、共桃蹊夸丽,一霎狂风（　　）雨。

⑧ 送春归、猛风（　　）雨,一番新绿。

⑨ （　　）雨吹花,禁烟怯柳,伤心行客。

⑩ （　　）雨疏疏时几点,洒浮埃。

答案:① 小 ② 疏 ③ 寒 ④ 细 ⑤ 急 ⑥ 微
⑦ 骤 ⑧ 暴 ⑨ 冷 ⑩ 薄

第7章 咏古叹今

> 多少六朝兴废事，尽入渔樵闲话。
>
> ——【北宋】张昇《离亭燕·怀古》

【佳句解析】

六朝时多少兴衰盛亡的故事，如今都成了渔夫樵子茶余饭后的闲谈。

【原作欣赏】

离亭燕·怀古

一带江山如画，风物向秋潇洒①。水浸碧天何处断？霁色冷光相射②。蓼屿荻花洲③，掩映竹篱茅舍。　　云际客帆高挂，烟外酒旗低迓④。多少六朝兴废事⑤，尽入渔樵闲话。怅望倚层楼，寒日无言西下。

① **潇洒**：爽朗萧疏。
② **霁色**：雨后初晴的景色。
③ **蓼屿**：长有蓼草的小岛。
④ **迓**（yà）：迎接。
⑤ **六朝**：先后在建业、建康（皆今江苏南京市）建都的吴、东晋、宋、齐、梁、陈。

佳句品读

六朝兴废,本是十分宏大的历史主题,然而在时空变迁之下,也不过成为老百姓口中的闲谈,词人对此感慨良多,隐隐流露出一种苍凉肃远之致。

【作者简介】

张昇(992—1077),字杲卿,北宋政治人物、词人。

【佳句接龙】

多少六朝兴废事,尽入渔樵闲话。(【北宋】张昇《离亭燕·怀古》)

➡ 话别处、留连无计,语娇声 。(【北宋】蔡伸《满江红》)➡ 流泉,夏鸣玉,击浮 。(【南宋】林正大《括水调歌》)➡ 谷年年,乱生春色谁为 ?(【北宋】林逋《点绛唇》)➡ 人凭客且迟留,程入花溪远 。(【北宋】张先《御街行》)➡ 山将落日,依旧上帘 。(【北宋】秦观《临江仙》)➡ 月衫凌波,仿佛湘江烟 。(【南宋】姚述尧《如梦令》)➡ 敛春泥,山开翠雾,行乐年年依 。(【南宋】陆游《齐天乐·三荣人日游龙洞作》)➡ 时楼上客,爱把酒、向南 。(【南宋】辛弃疾《木兰花慢·题上饶郡圃翠微楼》)➡ 水最宜情共乐,琴书赢得道相亲。(【北宋】张继先《望江南·观棋作》)

答案： 多少六朝兴废事，尽入渔樵闲话。→话别处、留连无计，语娇声咽。→咽流泉，戛鸣玉，击浮金。→金谷年年，乱生春色谁为主？→主人凭客且迟留，程入花溪远远。→远山将落日，依旧上帘钩。→钩月衫凌波，仿佛湘江烟路。→路敛春泥，山开翠雾，行乐年年依旧。→旧时楼上客，爱把酒、向南山。→山水最宜情共乐，琴书赢得道相亲。

宋词谜语

流星雨（打一句宋词）

谜底：乱石穿空

赤壁矶头落照，淝水桥边衰草，渺渺唤人愁。

——【南宋】张孝祥《水调歌头·闻采石矶战胜》

【佳句解析】

当年周瑜破曹的赤壁矶头，如今落日残照，谢玄曾经胜敌的淝水桥边，只见草木衰败，不禁唤起茫茫忧愁。

【原作欣赏】

水调歌头·闻采石矶战胜[①]

雪洗虏尘静，风约楚云留[②]。何人为写悲壮，吹角古城楼。湖海平生豪气[③]，关塞如今风景，剪烛看吴钩。剩喜然犀处[④]，骇浪与天浮。 忆当年,周与谢⑤,富春秋⑥。小乔初嫁⑦,香囊未解⑧,勋业故优游。赤壁矶头落照⑨,淝水桥边衰草⑩,渺渺唤人愁。我欲乘风去⑪,击楫誓中流⑫。

注释

❶ **采石矶战胜**:指虞允文在采石矶击溃金主完颜亮进攻事。**采石矶**:在今安徽马鞍山市南长江边。

❷ **风约楚云留**:被楚地的风云所阻留。采石矶之战,张孝祥时任抚州(今属江西)知州,未能参与战事,抚州古属楚地,故云。

❸ **湖海平生豪气**:《三国志·魏书·陈登传》载,许汜语:"陈元龙(陈登)湖海之士,豪气不除。"这里以陈登自比。

❹ **剩喜**:甚喜,非常欣喜。然犀处:指牛渚矶,即采石矶。**然**:即燃。《晋书·温峤传》载,温峤路过牛渚矶,水深不可测,当地人说下面有怪物,温峤燃犀角照之,看到了很多奇异水族。

❺ **周与谢**:指三国时赤壁之战的主帅周瑜、东晋时淝水之战的主帅谢玄。

❻ **富春秋**:正值少壮。

❼ **小乔初嫁**:小乔刚嫁给周瑜。

❽ **香囊未解**:这句意为谢玄建立功业时正值春秋壮年,少年时佩带的香囊尚未解下。《晋书·谢玄传》载,谢玄少时好佩带紫罗香囊,谢安不喜欢他这样,但又不想伤害他的感情,就与他打赌赢取了紫罗香囊并把它焚毁,于是谢玄再也不佩带香囊。

❾ **赤壁矶**:在今湖北赤壁市,为孙刘联军大败曹操之处。

❿ **淝水**:在今安徽省境内。为谢玄击溃前秦苻坚处。

⑪ **我欲乘风去**:《宋书·宗悫传》载,宗悫语:"愿乘长风破万里浪。"

⑫ **击楫誓中流**:《晋书·祖逖传》载,祖逖北伐渡江,中流击楫而誓:"祖逖不能清中原而复济者,有如大江!"

佳句品读

这三句既是追忆当年抗敌英雄，又有借古讽今的暗示：长江、淮河以北的广大失地，尚待恢复，而真正能振臂一呼、领导抗战如虞允文者，却实不多见，因而词人不禁触景伤情，唤起心中无限的愁绪。

【作者简介】

张孝祥（1132—1170），字安国，别号于湖居士，南宋著名词人、书法家。其词豪放俊爽，与张元幹并称南宋初期词坛双璧，著有《于湖居士文集》《于湖词》等。

【佳句接龙】

赤壁矶头落照，肥水桥边衰草，渺渺唤人愁。【南宋】张孝祥《水调歌头·闻采石矶战胜》➡ 愁边剩有相思句，摇断吟鞭碧玉。【南宋】辛弃疾《鹧鸪天·代人赋》➡ 头青子，异时风味甚。【南宋】李久善《念奴娇》➡ 后有谁来，雪压小桥无。【北宋】苏轼《如梦令·有寄》➡ 人遥指，他年黄阁元。【南宋】李仲光《百字令·寿冯宪，是日，宴于古羊桃花下》➡ 人对酒今如此，一番新、残梦暗。【北宋】朱敦儒《恋绣衾》➡ 见老仙来，触目琳琅奇。【北宋】朱敦儒《好事近·子权携酒与弟侄相访作》➡ 胜几年飞梦、绕高。（【北宋】向子諲《南歌子》）➡️ 士近来心绪懒，不堪老眼看。（【南宋】史浩《临江仙》）➡️ 前须判醉扶归，酒不到、刘伶墓。（【南宋】陆游《一落索》）

答案： 赤壁矶头落照，淝水桥边衰草，渺渺唤人愁。→愁边剩有相思句，摇断吟鞭碧玉梢。→梢头青子，异时风味甚别。→别后有谁来，雪压小桥无路。→路人遥指，他年黄阁元老。→老人对酒今如此，一番新、残梦暗惊。→惊见老仙来，触目琳琅奇绝。→绝胜几年飞梦、绕高居。→居士近来心绪懒，不堪老眼看花。→花前须判醉扶归，酒不到、刘伶墓。

宋词谜语

包大人可要干一杯（打一句宋词）

谜底： 把酒问青天

追亡事、今不见，但山川满目泪沾衣。

——【南宋】辛弃疾《木兰花慢·席上呈张仲固帅兴元》

【佳句解析】

萧何连夜追赶韩信，这样的事情如今已经见不到了，满目河山，却只能泪落沾湿衣襟。

【原作欣赏】

木兰花慢·席上呈张仲固帅兴元

汉中开汉业,问此地,是耶非?想剑指三秦①,君王得意,一战东归。追亡事②、今不见,但山川满目泪沾衣。落日胡尘未断,西风塞马空肥。　一编书是帝王师③,小试去征西。更草草离筵,匆匆去路,愁满旌旗。君思我,回首处,正江涵秋影雁初飞。安得车轮四角④,不堪带减腰围⑤。

❶ **三秦**:项羽三分关中,立秦降将章邯、司马欣、董翳为三王,称"三秦"。

❷ **追亡事**:《史记·淮阴侯列传》载,韩信在刘邦军中不受重用,于是就逃跑了,萧何来不及禀报刘邦就连夜去追赶韩信。

❸ **一编书是帝王师**:《史记·留侯世家》载,张良少时过下邳圯桥,遇一老人,老人考验过张良后赠书一编,说读此可为王者之师,后张良辅汉,成为开国元勋之一。

❹ **车轮四角**:车轮上生出四角,这样就可留住友人。

❺ **带减腰围**:指消瘦。

佳句品读

遥想当年,韩信身具大将之才而不得重用,只得逃跑,却仍有萧何慧眼识才连夜追赶,词人对比南宋时局,只看到才不能用、人不能识,满目大好河山,空使英雄泪落沾衣,心中无限悲愤。

【佳句接龙】

追亡事、今不见，但山川满目泪沾衣。（【南宋】辛弃疾《木兰花慢·席上呈张仲固帅兴元》）→衣冠神武门外，惊倒几儿◯。（【南宋】辛弃疾《水调歌头·题永丰杨少游提点一枝堂》）→◯子舞雩浑怅望，吾人提笔谁飘◯。（【南宋】洪迈《满江红·立夏前一日借坡公韵》）→◯气凌云，佳丽地、独占春花秋◯。（【北宋】蔡伸《念奴娇》）→◯下传呼，风前掺别，无因留◯。（【南宋】李处全《柳梢青·汤》）→◯中春不当，归去倍还◯。（【南宋】高观国《临江仙·东越道中》）→◯身里，三千世界，十二楼◯。（【南宋】葛长庚《沁园春》）→◯上微凉初过雨，一尊聊记同◯。（【北宋】叶梦得《临江仙·熙春台与王取道、贺方回、曾公衮会别》）→◯丝知我懒，江柳也眉◯。（【南宋】刘过《临江仙》）→◯月临眉，醉霞横脸，歌声悠扬云际。（【北宋】苏轼《哨遍·春词》）

答案：追亡事、今不见，但山川满目泪沾衣。→衣冠神武门外，惊倒几儿童。→童子舞雩浑怅望，吾人提笔谁飘逸。→逸气凌云，佳丽地、独占春花秋月。→月下传呼，风前掺别，无因留客。→客中春不当，归去倍还人。→人身里，三千世界，十二楼台。→台上微凉初过雨，一尊聊记同游。→游丝知我懒，江柳也眉颦。→颦月临眉，醉霞横脸，歌声悠扬云际。

第7章 咏古叹今

> 叹当年，寂寞贾长沙，伤时哭。
>
> ——【南宋】辛弃疾《满江红》

【佳句解析】

当年贾谊寂寞抑郁，因感时伤世而痛哭流涕，真令人叹息。

【原作欣赏】

满 江 红

倦客新丰①，貂裘敝②，征尘满目③。弹短铗④，青蛇三尺，浩歌谁续。不念英雄江左老，用之可以尊中国。叹诗书，万卷致君人，番沈陆⑤。　休感叹，年华促。人易老，叹难足。有玉人怜我，为簪黄菊。且置请缨封万户⑥，竟须卖剑酬黄犊⑦。叹当年，寂寞贾长沙⑧，伤时哭。

 注释

1. **倦客新丰**：《新唐书·马周传》载，马周客居新丰（今陕西西安市临潼区）时，"逆旅主人不之顾，命酒一斗八升，悠然独酌，众异之"。这里用来表达词人自己的不得意。
2. **貂裘敝**：《战国策·秦策》载，"苏秦始将连横说秦王……书十上而说不行。黑貂之裘敝，黄金百斤尽，资用乏绝，去秦而归"。
3. **征尘**：旅途上的尘土。
4. **铗**：剑。
5. **番**：反而。**沈陆**：即沉陆，也就是陆沉，指遁于俗世中的隐士。
6. **请缨**：志愿上战场杀敌。**封万户**：因功封侯。
7. **卖剑酬黄犊**：指弃戎务农。
8. **贾长沙**：贾谊在汉文帝时曾为长沙王太傅，后抑郁而亡。

佳句品读

贾谊有才学而不得重用，悲剧色彩浓厚，词人从他身上正有物伤其类的悲叹。借古人之酒杯，浇自己胸中之块垒，却是更显苍凉，贾谊之寂寞与感时而哭，也正是词人之寂寞与感时而哭。

【佳句接龙】

叹当年，寂寞贾长沙，伤时哭。(【南宋】辛弃疾《满江红》)

哭损眼儿，不似旧时○。(【北宋】黄庭坚《江城子·忆别》) ➡ 衣

三月暮，歌扇一番○。(【南宋】赵长卿《临江仙·暮春》) ➡ 镜高飞，

又一年秋○。(【北宋】谢薖《醉蓬莱·中秋有怀无逸兄并示何之忱诸友》) ➡

○窗残月影，天将○。(【北宋】李纲《感皇恩·枕上》) ➡ 来枝上

语绵蛮，应悔向来○。(【北宋】吕渭老《好事近》) ➡ 教人，占卦

气，算流○。(【南宋】刘克庄《最高楼》) ➡ 年今日，白头母子家

○。(【南宋】刘克庄《念奴娇·壬寅生日》) ➡ 云飞川泳，和熏三○。

(【南宋】张榘《瑞鹤仙·次韵陆景思喜雪》) ➡ 鸥盟在，黄粱梦破，投老

此心·如水。(【南宋】张元幹《永遇乐·宿鸥盟轩》)

答案： 叹当年，寂寞贾长沙，伤时哭。→哭损眼儿，不似旧时单。→单衣三月暮，歌扇一番圆。→圆镜高飞，又一年秋半。→半窗残月影，天将晓。→晓来枝上语绵蛮，应悔向来错。→错教人，占卦气，算流年。→年年今日，白头母子家庆。→庆云飞川泳，和熏三白。→白鸥盟在，黄粱梦破，投老此心如水。

趣味宋词

宋词中的乐器

请在下列各句宋词的括号内填入乐器的名称。

① （　　）中已自多愁怨，雨里因谁有泪痕。
② 凭月携（　　），溯空秉羽，梦踏绛霄仙去。
③ 听玉（　　）、缥缈度侯山，吹初彻。
④ 苦是禁城催（　　），虚床难寐，梦魂无路归飞。
⑤ 清（　　）数声人定了，池上月，照虚舟。
⑥ 秋入灯花，夜深檐影（　　）语。
⑦ 少年终夜奏（　　），谁料归无路。
⑧ 胸抱相思，银（　　）锦字莫教迟。
⑨ 漫击铜壶浩叹，空存锦（　　）谁弹。
⑩ 绿绮（　　）中心事，齐纨扇上时光。

答案： ①笛 ②箫 ③笙 ④鼓 ⑤磬 ⑥琵琶 ⑦胡笳
⑧筝 ⑨瑟 ⑩琴

追往事,叹今吾,春风不染白髭须。

——【南宋】辛弃疾《鹧鸪天》

【佳句解析】

追忆往事,感叹如今的自己,春风也不能染黑我的白胡子了。

【原作欣赏】

鹧鸪天

有客慨然谈功名,因追忆少年时事,戏作。

壮岁旌旗拥万夫①,锦襜突骑渡江初②。燕兵夜娖银胡䩮③,汉箭朝飞金仆姑④。　追往事,叹今吾,春风不染白髭须。却将万字平戎策⑤,换得东家种树书。

① **壮岁旌旗拥万夫**:指辛弃疾青年时期领导起义军抗金事。
② **襜**(chān):战袍。
③ **娖**(chuò):整理。**胡䩮**:装箭的箭筒。
④ **金仆姑**:箭名。
⑤ **平戎策**:指辛弃疾南归后向朝廷提出的抗金策略。

佳句品读

词人曾有过强烈的报国之心和英勇的抗敌经历,然而南渡归宋后被长期闲置,无法一展抱负,思及往事,只能深叹年华老去,壮志消磨,当中蕴含了词人极其沉痛的感慨。

第7章 咏古叹今

【佳句接龙】

追往事,叹今吾,春风不染白髭须。(【南宋】辛弃疾《鹧鸪天》)→须知天锡与方壶,比似镜湖。(【南宋】汪莘《好事近·嘉定二年正月二日大雪》)→来三度见梅花,今日共君。(【南宋】汪莘《好事近·雪后金叔润相挽溪行》)→与东风,也须爱惜,且莫吹。(【南宋】葛长庚《柳梢青·海棠》)→落尘寰,似此度,算应。(【南宋】葛长庚《菊花新》)→夷高蹈,寿康长保,五世祖孙欢。(【南宋】赵师侠《永遇乐·重明节》)→散匆匆,云边孤雁,水上浮。(【南宋】刘过《柳梢青·送卢梅坡》)→梗孤踪,梦魂浮。(【北宋】晁补之《水龙吟·始去齐,路逢次膺叔感别叙旧》)→上功名,老来风味,春归时。(【北宋】晁补之《水龙吟·次韵林圣予惜春》)→馆凋梧,宫墙断柳,谁识当年倦旅。(【南宋】刘辰翁《齐天乐·戊寅登高,即席和秋崖韵》)

答案: 追往事,叹今吾,春风不染白髭须。→须知天锡与方壶,比似镜湖别。→别来三度见梅花,今日共君说。→说与东风,也须爱惜,且莫吹飞。→飞落尘寰,似此度,算应希。→希夷高蹈,寿康长保,五世祖孙欢聚。→聚散匆匆,云边孤雁,水上浮萍。→萍梗孤踪,梦魂浮世。→世上功名,老来风味,春归时候。→候馆凋梧,宫墙断柳,谁识当年倦旅。

133

> 想当年，金戈铁马，气吞万里如虎。
>
> ——【南宋】辛弃疾《永遇乐·京口北固亭怀古》

【佳句解析】

回想当年，刘裕领军北伐，气吞万里，就像猛虎一般雄伟英武。

【原作欣赏】

永遇乐·京口北固亭怀古①

千古江山，英雄无觅，孙仲谋处②。舞榭歌台，风流总被，雨打风吹去。斜阳草树，寻常巷陌，人道寄奴曾住③。想当年，金戈铁马，气吞万里如虎④。 元嘉草草⑤，封狼居胥⑥，赢得仓皇北顾。四十三年⑦，望中犹记，烽火扬州路。可堪回首，佛狸祠下⑧，一片神鸦社鼓⑨。凭谁问：廉颇老矣，尚能饭否⑩？

 注释

❶ 京口：今江苏镇江，因临京岘山、长江口而得名。
❷ 孙仲谋：三国时吴帝孙权，字仲谋。
❸ 寄奴：南朝宋武帝刘裕小名。
❹ "想当年"句：刘裕曾两次领军北伐，收复洛阳、长安等地。
❺ 元嘉草草：南朝宋文帝刘义隆好大喜功，仓促北伐，反而遭到北魏太武帝拓跋焘的重创。**元嘉**：南朝宋文帝刘义隆的年号。**草草**：轻率。
❻ 封狼居胥：汉武帝元狩四年（前119）霍去病远征匈奴，歼敌7万余，封狼居胥山（在今蒙古境内）而还。
❼ 四十三年：辛弃疾于宋高宗绍兴三十二年（1162）南归，到写该词时正好为43年。
❽ 佛（bì）狸祠：北魏太武帝拓跋焘小名佛狸，450年他曾反击刘

宋,一路进军到长江北岸,在长江北岸瓜步山建立行宫,即后来的佛狸祠。

⑨ **一片神鸦社鼓**:意为到了南宋时期,当地老百姓只把佛狸祠当作迎神赛会之所,而不知道它过去曾是一个异族皇帝的行宫。**神鸦**:指在庙里吃祭品的乌鸦。**社鼓**:祭祀时的鼓声。

⑩ **廉颇老矣,尚能饭否**:《史记·廉颇蔺相如列传》载,赵国被秦兵屡次围困,赵王想重新用廉颇为将,派人去看他的身体情况,廉颇的仇人郭开贿赂使者,让其回来后说廉颇的坏话。使者看到廉颇,廉颇当他的面吃米饭一斗、肉十斤,披甲上马,以示自己尚可用。使者回来报告赵王说:"廉颇将军虽老,尚善饭,然与臣坐,顷之三遗矢(通假字,即屎)矣。"赵王以为廉颇已老,遂不用。

词人遥想当年刘裕战功赫赫、收复失地的功业,不仅表达了对历史英雄人物的赞扬,也表达了对主战派的期望和对南宋朝廷苟且偷安者的讽刺与谴责。

【佳句接龙】

想当年,金戈铁马,气吞万里如虎。(【南宋】辛弃疾《永遇乐·京口北固亭怀古》)➡ 虎踞龙蟠何处是,只有兴亡满___。(【南宋】辛弃疾《念奴娇·登建康赏心亭呈史致道留守》)➡ 力眇无际,更上一层___。(【南宋】李曾伯《水调歌头·丁亥重阳登益昌二郎庙楼》)➡ 上

几日春寒,帘垂四面,玉阑干慵◯。(【南宋】李清照《念奴娇·春情》)

➡ ◯遍阑干,只是无情◯。(【南宋】李清照《点绛唇·闺思》)➡

◯绪风披芸幌,骎骎月到萱◯。(【北宋】贺铸《醉琼枝·定风波》)

➡ ◯轩寂寞近清明,残花中酒,又是去年◯。(【北宋】张先《青门引·春思》)➡ ◯起心情终是怯,困来模样不禁◯。(【北宋】陈克《浣溪沙》)➡ ◯君素素,念我真◯。(【南宋】刘辰翁《行香子·探梅》)

➡ ◯与赝,可能共。(【南宋】刘辰翁《金缕曲》)

答案:想当年,金戈铁马,气吞万里如虎。→虎踞龙蟠何处去,只有兴亡满目。→目力眇无际,更上一层楼。→楼上几日春寒,帘垂四面,玉阑干慵倚。→倚遍阑干,只是无情绪。→绪绪风披芸幌,骎骎月到萱庭。→庭轩寂寞近清明,残花中酒,又是去年病。→病起心情终是怯,困来模样不禁怜。→怜君素素,念我真真。→真与赝,可能共。

宋词谜语

白花心血(打一句宋词)

谜底:算桩把、精神费却

第 8 章 饮中天地

> **劝君莫作独醒人,烂醉花间应有数。**
>
> ——【北宋】晏殊《木兰花》

【佳句解析】

我劝你不要再做独自清醒的人了,不如到花间喝个烂醉如泥。

【原作欣赏】

木 兰 花

燕鸿过后莺归去,细算浮生千万绪。长于春梦几多时,散似秋云无觅处。　　闻琴解佩神仙侣①,挽断罗衣留不住。**劝君莫作独醒人**②**,烂醉花间应有数。**

① **闻琴:**《史记·司马相如列传》载,卓文君新寡,司马相如以琴挑之,文君闻琴而知其心,夜奔相如。**解佩:**《列仙传》载,郑交甫行汉水之滨,遇二女而请其赠予玉佩,二女便解下玉佩相赠,交甫将玉佩藏于怀中,走出数十步后,玉佩不见,二女也消失了。

② **独醒人:**屈原《楚辞·渔父》:"屈原曰:'举世皆浊我独清,众人皆醉我独醒,是以见放。'"

佳句品读

这两句表面上是劝人痛饮消愁，但联系晏殊的生平来看，他这样写应该是别有寄托，是指贤才相继离开朝廷，有如"留不住"的"神仙侣"一般，这让他感到痛心，劝人不宜"独醒"而应"烂醉"，只是出于愤慨的反语。

【佳句接龙】

劝君莫作独醒人，烂醉花间应有数。（【北宋】晏殊《木兰花》）

➡ 数声微雨风惊晓，烛影欹残 。（【北宋】叶梦得《虞美人·二日小雨达旦，西园独卧，寒甚不能寐，时窗前梨花将谢》）➡ 野弥弥浅浪，横空暧暧微 。（【北宋】苏轼《西江月》）➡ 汉志，秋云 。（【南宋】李曾伯《满江红·丁未初度自赋》）➡ 辛苦无端，误却婵娟，有人在、玉楼天 。（【北宋】刘弇《洞仙歌》）➡ 天楼展朦胧月，午夜笙歌淡荡 。（【北宋】晁元礼《鹧鸪天》）➡ 雨每掀清宇宙，林峦长似涌波 。（【北宋】张继先《望江南》）➡ 生残夜，鱼龙惊听横  。（【南宋】范成大《念奴娇》）➡ 里西风，吹下满庭 。（【南宋】张抡《醉落魄》）➡ 底青青梅胜豆，枝头颗颗花留萼。（【南宋】赵师侠《满江红·丁巳和济时几宜送春》）

答案: 劝君莫作独醒人,烂醉花间应有数。→数声微雨风惊晓,烛影欹残照。→照野弥弥浅浪,横空暧暧微霄。→霄汉志,秋云薄。→薄幸苦无端,误却婵娟,有人在、玉楼天半。→半天楼展朦胧月,午夜笙歌淡荡风。→风雨每掀清宇宙,林峦长似涌波涛。→涛生残夜,鱼龙惊听横笛。→笛里西风,吹下满庭叶。→叶底青青梅胜豆,枝头颗颗花留萼。

烛影摇红向夜阑,乍酒醒、心情懒。

——【北宋】王诜《忆故人》

【佳句解析】

夜深人静,烛光摇动红影,刚刚酒醒,神思慵怠。

【原作欣赏】

忆 故 人

烛影摇红向夜阑①,乍酒醒、心情懒。尊前谁为唱阳关②,离恨天涯远。　无奈云沉雨散,凭阑干、东风泪眼。海棠开后,燕子来时,黄昏庭院。

① 夜阑:夜将尽。
② 阳关:根据王维《送元二使安西》谱写而成的乐曲《阳关三叠》,为送别之曲。

佳句品读

深夜酒醒,唯有烛影在侧,这当中的滋味唯有当事人自己才能体会,词人对此却描摹得十分精当,让人仿佛也感受到那种孤寂寥落的心情。

【作者简介】

王诜(1036—1093后,一作1048—1104后),字晋卿,北宋诗人。兼擅书画诗词,今人赵万里辑有《王晋卿词》一卷。

【佳句接龙】

烛影摇红向夜阑,乍酒醒、心情懒。(【北宋】王诜《忆故人》)

➡ 懒崎岖林麓,则窈窕溪 。(【南宋】向子諲《八声甘州·中秋前数夕,久雨方晴》)➡ 城如画,处处绿杨芳 。(【南宋】陈著《大酺·寿沿江大制使观文马裕斋同知》)➡ 草书传锦字,厌厌梦绕梅 。(【南宋】颜博文《西江月·广师席上》)➡ 落花开,渐解相思 。(【北宋】苏轼《蝶恋花·佳人》)➡ 马行时腊雪,叠猿啼处年 。(【南宋】魏了翁《木兰花慢·宴遂宁新进士》)➡ 风霁月,信行窝到处,人间天 。(【南宋】洪咨夔《念奴娇·敬借老人灯韵为寿》)➡ 到瑶台最上层,共跨青鸾 。(【南宋】洪咨夔《卜算子》)➡ 年溪上牡丹时,还试长安○。([南宋]吴文英《烛影摇红·麓翁夜宴园堂》)→○醉茶醒，饥餐困睡，不把双眉皱。([南宋]马天骥《城头月·赠梁弥仙》)

答案：烛影摇红向夜阑，乍酒醒、心情懒。→懒崎岖林麓，则窈窕溪边。→边城如画，处处绿杨芳草。→草草书传锦字，厌厌梦绕梅花。→花落花开，渐解相思瘦。→瘦马行时腊雪，叠猿啼处年光。→光风霁月，信行窝到处，人间天上。→上到瑶台最上层，共跨青鸾去。→去年溪上牡丹时，还试长安酒。→酒醉茶醒，饥餐困睡，不把双眉皱。

趣味宋词

宋词中的梅花

下列的各句宋词都带有"梅花"一词，但是"梅花"前的一个字都不一样，请猜猜分别是什么字。

① 且（　）梅花，同听画檐雨。

② 试去（　）梅花，休把南枝折。

③ 不（　）梅花，千里寄红雪。

④ 举上青云，却（　）梅花如旧否。

⑤ 列炬（　）梅花，仰看满空春雪。

⑥ 故人若望江南，且（　）梅花相忆。

⑦ 钟动五更，魂归千里，残角（　）梅花。

⑧ （　）梅花、一夜苦相思，无消息。

⑨ 未须草草，（　）梅花，多少骚人词客。

⑩ （　）梅花、听得凯歌声，横吹曲。

答案：① 插　② 探　③ 寄　④ 忆　⑤ 照　⑥ 折　⑦ 怨　⑧ 对　⑨ 赋　⑩ 倚

> 黄菊枝头生晓寒，人生莫放酒杯干。
>
> ——【北宋】黄庭坚《鹧鸪天·坐中有眉山隐客史应之和前韵，即席答之》

【佳句解析】

清晨的天气一片寒凉，黄菊花开满了整个枝头；人生应当及时行乐，不能让酒杯无酒空放。

【原作欣赏】

鹧鸪天·坐中有眉山隐客史应之和前韵①，即席答之

黄菊枝头生晓寒，人生莫放酒杯干。风前横笛斜吹雨，醉里簪花倒著冠。　　身健在②，且加餐③。舞裙歌板尽清欢。黄花白发相牵挽，付与时人冷眼看。

❶ **史应之**：名涛，眉山人，是北宋时活动于戎州、泸州一带的隐士。
❷ **身健在**：杜甫《九日蓝田崔氏庄》："明年此会知谁健？醉把茱萸仔细看。"
❸ **且加餐**：《古诗十九首·行行重行行》："弃捐勿复道，努力加餐饭。"

佳句品读

词人由晓寒黄菊引入莫放酒杯干，在一种清寒萧肃的氛围里发出了饱含愤懑不平的狂语，联系后文以放浪形骸对抗污浊世俗的描写，词人在看似放旷的外表之下，其实隐藏着无尽的伤痛。

【作者简介】

黄庭坚（1045—1105），字鲁直，自号山谷道人，晚号涪翁，北宋文学家、书法家。诗歌方面，他与苏轼并称为"苏黄"；书法方面，他则与苏轼、米芾、蔡襄并称为"宋代四大家"。著有《豫章先生文集》、《山谷词》等。

【佳句接龙】

黄菊枝头生晓寒，人生莫放酒杯干。（【北宋】黄庭坚《鹧鸪天·坐中有眉山隐客史应之和前韵，即席答之》）➡ 干羽方怀远，静烽燧，且休兵。（【南宋】张孝祥《六州歌头》）➡ 兵后故人能有几，岁晚江湖。（【南宋】陈著《浪淘沙·示吴应奎》）➡ 湖山子规叫，月破黄昏。（【南宋】程垓《瑶阶草》）➡ 昏香忽至，爱惜当同芝。（【北宋】邓肃《感皇恩》）➡ 芝草复匆匆，相见也还相。（【南宋】赵彦端《好事近·卢金判席上》）➡ 别得沈香歌断后，深宫客梦迢。（【南宋】张炎《临江仙·太白挂巾手卷》）➡ 遥知是雪，甚都把、暮寒消。（【南宋】张炎《一枝春·为陆浩斋赋梅南》）➡ 消道夜初长，弹指东窗。（【北宋】蔡伸《生查子》）➡ 窗来雨过，绿阴新处，几番芳草。（【北宋】叶梦得《水龙吟·三月十日西湖宴客作》）

答案：黄菊枝头生晓寒，人生莫放酒杯干。→干羽方怀远，静烽燧，且休兵。→兵后故人能有几，岁晚江空。→空山子规叫，月破黄昏冷。→冷香忽至，爱惜当同芝草。→草草复匆匆，相见也还相忆。→忆得沈香歌断后，深宫客梦迢遥。→遥知是雪，甚都把、暮寒消尽。→尽道夜初长，弹指东窗晓。→晓来雨过，绿阴新处，几番芳草。

醉里插花花莫笑，可怜春似人将老。

——【南宋】李清照《蝶恋花·上巳召亲族》

【佳句解析】

醉醺醺地去插花，花儿请别笑我，需要怜惜的是春天也像人一般即将老去了。

【原作欣赏】

蝶恋花·上巳召亲族①

永夜恹恹欢意少②，空梦长安③，认取长安道。为报今年春色好，花光月影宜相照。　　随意杯盘虽草草④，酒美梅酸，恰称人怀抱⑤。**醉里插花花莫笑，可怜春似人将老。**

① **上巳召亲族**：古人有上巳修禊的习俗，在阴历三月上旬巳日，召宴亲友，临水插花，祓除不祥。
② **永夜**：长夜。**恹恹**：形容人精神不振的样子。
③ **长安**：汉唐国都（今陕西西安市），后人多用代指国都，此处指北宋都城汴梁（今河南开封）。
④ **杯盘**：指酒菜。**草草**：不丰盛。
⑤ **称**：适合，相当。

佳句品读

虽然在春光大好之时与亲族饮宴,但词人却难掩忧国思乡之情,即使醉酒插花,那一腔国愁与家愁相混杂的情绪,也让词人感叹春光要和人一样老去。

【佳句接龙】

醉里插花花莫笑,可怜春似人将老。([南宋]李清照《蝶恋花·上巳召亲族》)➡ 老大自伤春,非为花枝。([南宋]王炎《卜算子·嘉定癸酉二月雨后到双溪》)➡ 损穷彭泽柳,禁持杀傅岩。([南宋]陈德武《西江月·咏雪三调》)➡ 压宫妆,柳横眉。([南宋]陈德武《踏莎行》)➡ 浅波娇情脉脉,云轻柳弱意真。([南宋]何作善《浣溪沙》)➡ 个别离难,不似相逢。([北宋]晏几道《生查子》)➡ 是黄花开应候,聊宴亲。([北宋]葛胜仲《浪淘沙》)➡ 客可人意,歌舞转春。([南宋]赵彦端《水调歌头·秀州坐上作》)➡ 流雨散,定几回肠断,能禁头。([南宋]赵彦端《月中仙·送杜仲微赴阙》)➡ 露横江,一苇万顷,问灵槎何在。([南宋]黄公绍《莺啼序·吴江长桥》)

答案：醉里插花花莫笑，可怜春似人将老。→老大自伤春，非为花枝瘦。→瘦损穷彭泽柳，禁持杀傅岩梅。→梅压宫妆，柳横眉黛。→黛浅波娇情脉脉，云轻柳弱意真真。→真个别离难，不似相逢好。→好是黄花开应候，聊宴亲宾。→宾客可人意，歌舞转春风。→风流雨散，定几回肠断，能禁头白。→白露横江，一苇万顷，问灵槎何在。

醉里挑灯看剑，梦回吹角连营。

——【南宋】辛弃疾《破阵子·为陈同甫赋壮词以寄》

【佳句解析】

醉中挑亮灯光观看宝剑，梦里各个营垒接连响起号角声。

【原作欣赏】

破阵子·为陈同甫赋壮词以寄

醉里挑灯看剑①，梦回吹角连营②。八百里分麾下炙③，五十弦翻塞外声④。沙场秋点兵。　马作的卢飞快⑤，弓如霹雳弦惊⑥。了却君王天下事⑦，赢得生前身后名。可怜白发生！

❶ **挑（tiǎo）灯**：把灯芯挑亮。
❷ **连营**：连接成片的军营。
❸ **八百里**：指牛。《世说新语·汰侈》载，晋代王恺有一头珍贵的牛，叫"八百里驳"，王济和他打赌射箭，一箭中靶，王济让属下将牛心做炙取来，只吃了一块就走了。**麾（huī）下**：指部下将士。**炙（zhì）**：烤熟的肉。
❹ **五十弦**：古代有一种瑟有五十根弦，这里泛指军乐合奏的各种乐器。**翻**：演奏。**塞外声**：反映边塞征战的乐曲。

❺ 作：像……一样。的(dí)卢：一种烈性快马。相传三国时刘备被人追赶，骑的卢马一跃三丈过河，脱离险境。
❻ 霹雳(pī lì)：响声巨大的强烈雷电，这里比喻弓弦响声很大。
❼ 了(liǎo)却：完成。天下事：指收复中原。

佳句品读

这两句通过具体可感的描述，表现了词人复杂的情感。联系下文，不由得让人深思：曾有过雄姿英发的沙场生涯的词人，为何如今只能醉里看剑、梦回军营？是什么让这样一位豪杰报国无门、蹉跎空老？

【佳句接龙】

醉里挑灯看剑，梦回吹角连营。（【南宋】辛弃疾《破阵子·为陈同甫赋壮词以寄》）➡ 营巢燕子逞翱翔，微志在雕 。（【北宋】王安石《诉衷情·和俞秀老鹤词·五之四》）➡ 苑千花乱，隋堤一水 。（【北宋】向子諲《南歌子》）➡ 安知在何处，指点日边 。（【南宋】袁去华《水调歌头·送杨廷秀赴国子博士用廷秀韵》）➡ 年虽健，未知何处相 。（【南宋】袁去华《念奴娇·九日》）➡ 承恩，叹余生，今至 。（【南宋】陆游《夜游宫·宫词》）➡ 身恰似弄潮儿，曾过了、千重 。（【南宋】陆游《一落索》）➡ 花溅白疑飞鹭，荷芰藏红似小 。（【南宋】

高观国《思佳客·立秋前一日西湖》) 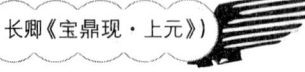 花郎面,翠幢红粉,烘人香。({南宋}赵长卿《鼓笛慢·甲申五月仙源试新水,雨过丝生荷香袭人,因感而赋此词,时病眼》) ➡ 算来、皇都此夕,消得喧传今古。({南宋}赵长卿《宝鼎现·上元》)

答案:醉里挑灯看剑,梦回吹角连营。→营巢燕子逞翱翔,微志在雕梁。→梁苑千花乱,隋堤一水长。→长安知在何处,指点日边明。→明年虽健,未知何处相忆。→忆承恩,叹余生,今至此。→此身恰似弄潮儿,曾过了、千重浪。→浪花溅白疑飞鹭,荷芰藏红似小莲。→莲花郎面,翠幢红粉,烘人香细。→细算来、皇都此夕,消得喧传今古。

宋词谜语

航空不如航海(打一句宋词)

谜底:行云却在行舟下

第６章 人间真情

> 叹人生，最难欢聚易离别。
>
> ——【北宋】寇准《阳关引》

【佳句解析】

叹息人生，最难的是欢聚，离别却是如此容易。

【原作欣赏】

阳 关 引[①]

塞草烟光阔，渭水波声咽。春朝雨霁，轻尘歇，征鞍发。指青青杨柳，又是轻攀折[②]。动黯然，知有后会甚时节。　更尽一杯酒，歌一阕。叹人生，最难欢聚易离别。且莫辞沉醉，听取阳关彻。念故人，千里自此共明月。

 注释

❶ **阳关引**：本词多句从唐代王维《送元二使安西》脱化而来。
❷ **轻**：轻易，随便。

佳句品读

古时交通不便，离别之后再相聚就显得机会难得，这两句点出了离别容易欢聚难的人生喟叹，然而联系上下文来看，作者的感情悲而壮、豪而婉，并不是一味哀沉黯然。

【佳句接龙】

叹人生，最难欢聚易离别。（【北宋】寇准《阳关引》）➡ 别来

将为不牵情，万转千回思想。（【北宋】晏殊《木兰花》）➡ 尽

佳期，争向年芳。（【北宋】欧阳修《鹊踏枝》）➡ 潮平、湘烟

万顷，断虹残。（【南宋】李泳《贺新郎》）➡ 人只有，西楼斜

。（【北宋】周紫芝《秦楼月》）➡ 下金罍，花间玉珮，都化相

思一寸。（【北宋】秦观《沁园春》）➡ 尽寸心犹自热，泪承

双睫不能。（【南宋】石孝友《浣溪沙》）➡ 天万里，飞鸿南

。（【北宋】曹组《青门饮》）➡ 口千章云木，苒苒炊烟一缕，

人在翠微。（【南宋】袁去华《水调歌头》）➡ 士心迷丘壑，念

迂疏老懒，难觅封侯。（【南宋】吕胜己《八声甘州·怀渭川作》）

答案：叹人生，最难欢聚易离别。→别来将为不牵情，万转千回思想过。→过尽佳期，争向年芳晚。→晚潮平、湘烟万顷，断虹残照。→照人只有，西楼斜月。→月下金罍，花间玉珮，都化相思一寸灰。→灰尽寸心犹自热，泪承双睫不能晴。→晴天万里，飞鸿南渡。→渡口千章云木，苒苒炊烟一缕，人在翠微居。→居士心迷丘壑，念迂疏老懒，难觅封侯。

宋词故事

陆游与唐婉

陆游年轻时娶表妹唐婉为妻，两人志趣相投，生活十分美满，但陆游的母亲却很不喜欢唐婉，最后强迫陆游与唐婉离异，陆游另娶王氏，唐婉改嫁赵士程。10年后陆游到沈家花园游玩，唐婉和赵士程也在游园，便给陆游送去了酒菜致意，陆游痛苦难抑，题了一首《钗头凤》（红酥手），唐婉见词悲伤不已，也和了一首《钗头凤》（世情薄），此后不久她就抑郁成疾而离世了。

陆游余生数十年，每每念及与唐婉的旧事，陆续写下了以沈园为题的诗歌悼念唐婉，比如《十二月二日夜梦游沈氏园亭》等，都写得哀戚感伤。陆游晚年住在山阴，"每入城，必登寺眺望，不能胜情"。直至他84岁时写下的《春游》一诗，仍然在怀念这段刻骨铭心的感情："沈家园里花如锦，半是当年识放翁。也信美人终作土，不堪幽梦太匆匆。"

对晚景,伤怀念远,新愁旧恨相继。

——【北宋】柳永《卜算子慢》

【佳句解析】

　　面对着晚秋暮色,感伤地怀念远方之人,新愁旧恨相继涌上心头。

【原作欣赏】

卜算子慢

　　江枫渐老,汀蕙半凋,满目败红衰翠。楚客登临,正是暮秋天气,引疏砧①,断续残阳里。对晚景,伤怀念远,新愁旧恨相继。
　　脉脉人千里。念两处风情,万重烟水。雨歇天高,望断翠峰十二。尽无言,谁会凭高意?纵写得②,离肠万种,奈归云谁寄?

① 引:传来。疏砧:稀疏的捣衣声。
② 纵:纵然,即便。

佳句品读

　　上文的"暮秋"是一年将尽,"残阳"是一日将尽,在这样的"晚景"之中,引发出这3句里词人那接连不断的新愁旧恨,情景交融,说不尽那"伤怀念远"的种种情思。

【作者简介】

柳永（约987—约1053），原名三变，字景庄，后改名永，字耆卿，北宋著名词人。其词尤长于抒写羁旅行役之情，以慢词居多，铺叙刻画，音律谐婉，著有《乐章集》。

【佳句接龙】

对晚景，伤怀念远，新愁旧恨相继。（【北宋】柳永《卜算子慢》）

➡ 继承才业，算来真是名⬤。（【南宋】韩玉《念奴娇》）➡ 类横

行草地，今骈首、鼎镬连⬤。（【南宋】李曾伯《满庭芳·壬子谢吕马帅送蟹》）

➡ ⬤天草树，暮云凝⬤。（【南宋】曾觌《忆秦娥·邯郸道上望丛台有感》）

➡ ⬤桃花蕊已应开，欲伴彩云飞⬤。（【北宋】晏几道《御街行》）

➡ ⬤年花下客，今似蝶分⬤。（【北宋】晏几道《临江仙》）

来双蝶，绕丛欲去还⬤。（【南宋】刘克庄《念奴娇·菊》）➡ 渴事，

风烟⬤。（【南宋】吴潜《满江红·戊午八月十二日赋后圃早梅》）➡ 视青

云侣，俯首看瀛⬤。（【南宋】郑元秀《水调歌头》）➡ 上小楼帘半

卷，应认归舟。（【北宋】贺铸《浪淘沙》）

答案：对晚景，伤怀念远，新愁旧恨相继。→继承才业，算来真是名族。→族类横行草地，今骈首、鼎镬连连。→连天草树，暮云凝碧。→碧桃花蕊已应开，欲伴彩云飞去。→去年花下客，今似蝶分飞。→飞来双蝶，绕丛欲去还止。→止渴事，风烟邈。→邈视青云侣，俯首看瀛洲。→洲上小楼帘半卷，应认归舟。

宋词故事

"奉旨填词"柳三变

柳永原名柳三变,曾参加科举考试但名落孙山,于是写了《鹤冲天》一词,词中说"才子词人,自是白衣卿相",又说"忍把浮名,换了浅斟低唱",此词一时间流传开来。后来柳永考中进士,然而宋仁宗想起了《鹤冲天》,就下令将柳永除名,说道:"此人花前月下,好去浅斟低唱,何要浮名,且填词去。"柳永由此自称"奉旨填词"。

柳永后来改换名字,才当上了小官,但是始终仕途坎坷,有一次他实在不堪忍受,便去拜访晏殊。晏殊对柳永说:"你喜欢填词吧?"柳永答道:"我像您一样也填词。"晏殊回他说:"我虽然填词,但我不曾写过'针线慵拈伴伊坐'这种句子。"柳永只能告辞而去。可见柳永的词虽然广受欢迎,甚至有"凡有井水饮处,即能歌柳词"之称,但在士大夫眼中,依然是受到鄙薄的。

> 相见争如不见,有情何似无情。
>
> ——【北宋】司马光《西江月》

【佳句解析】

相见不如不见,有情还比不上无情。

【原作欣赏】

西 江 月

宝髻松松挽就①,铅华淡淡妆成②。青烟翠雾罩轻盈③,飞絮游丝无定。 相见争如不见④,有情何似无情。笙歌散后酒初醒,深院月斜人静。

注释

❶ **宝髻**:古代妇女头上戴有珍贵饰品的发髻。
❷ **铅华**:铅粉。
❸ **青烟翠雾**:形容衣衫轻软。
❹ **争如**:怎如,倒不如。

佳句品读

上句是说见后反惹相思,不如当时不见;下句是说还是无情的好,无情即不会为情而痛苦。从这两句也可看出,司马光身为一代名臣,虽词作不多,但也并非假道学,而是能在词中表达真率的感情。

【作者简介】

司马光(1019—1086),初字公实,更字君实,北宋史学家、文学家。其以文著名,亦能诗词,主持编纂《资治通鉴》,著有《温国文正司马公文集》《稽古录》等。

【佳句接龙】

相见争如不见,有情何似无情。(【北宋】司马光《西江月》)

→情知已被山遮断,频倚阑干不自〇。(【南宋】辛弃疾《鹧鸪天·代人赋》)

→〇来好处输闲地,堪叹人生有底〇。(【北宋】李之仪《鹧鸪天》)

→〇日苦多闲日少,新愁常续旧愁〇。(【南宋】陆游《浣溪沙·和无咎韵》)

→〇涯蜡屐,功名破甑,交友抟〇。(【南宋】辛弃疾《玉蝴蝶·叔高书来戒酒用韵》)

→〇堤此去,传柑侍宴,天上风〇。(【南宋】侯寘《朝中措·元夕上潭帅刘共甫舍人》)

→〇水便随春远,行云终与谁〇。(【北宋】晏几道《临江仙》)

→〇心罗帕轻藏素,合字香囊半影〇。(【南宋】高观国《思佳客》)

→〇屋看承,玉台凝盼,尚忆旧家风〇。(【南宋】赵以夫《天香·牡丹》)

→〇味处求吾乐,材不材间过此生。(【南宋】辛弃疾《鹧鸪天·博山寺作》)

答案:相见争如不见,有情何似无情。→情知已被山遮断,频倚阑干不自由。→由来好处输闲地,堪叹人生有底忙。→忙日苦多闲日少,新愁常续旧愁生。→生涯蜡屐,功名破甑,交友抟沙。→沙堤此去,传柑侍宴,天上风流。→流水便随春远,行云终与谁同。→同心罗帕轻藏素,合字香囊半影金。→金屋看承,玉台凝盼,尚忆旧家风味。→味无味处求吾乐,材不材间过此生。

相思本是无凭语,莫向花笺费泪行。

——【北宋】晏几道《鹧鸪天》

【佳句解析】

相思本来没有凭据,就不要在信中空费眼泪诉说衷肠了。

【原作欣赏】

鹧 鸪 天

醉拍春衫惜旧香①。天将离恨恼疏狂②。年年陌上生秋草,日日楼中到夕阳。 云渺渺,水茫茫,征人归路许多长。相思本是无凭语③,莫向花笺费泪行④。

注释

1. **惜**:怜惜。**旧香**:指过去欢乐生活遗留在衣衫上的香泽。
2. **恼**:困扰,折磨。**疏狂**:疏指对世事的疏阔,狂即狂放不羁,这是作者对自己个性的自我品定。
3. **无凭语**:没有根据的话。
4. **花笺**:信纸的美称,这里指书信。

佳句品读

这两句看似决绝,细读之下却能感受到词人下笔之时的深重哀伤,联系上文对疏狂平生的感慨,更显这种糅合了往事追忆的离愁之感意境深远,极为感人。

【作者简介】

晏几道（1030？—1106？），字叔原，号小山。晏殊第七子，北宋著名词人。其词工于言情，小令语词清丽，感情深挚，尤负盛名，著有《小山词》等。

【佳句接龙】

相思本是无凭语，莫向花笺费泪行。（【北宋】晏几道《鹧鸪天》）

➡ 行行读遍，厌厌无语，不忍更寻◯。（【南宋】无名氏《九张机》）

➡ ◯量也胜姮娥在，夜夜孤眠不识◯。（【南宋】袁去华《思佳客·七夕》）

➡ ◯双新燕飞春岸，片片轻鸥落晚◯。（【南宋】陆游《鹧鸪天·七之六》）

➡ ◯边幽梦，常恁芬◯。（【南宋】史达祖《一剪梅》）➡

◯意欺月矜春，浑欲便偷◯。（【南宋】史达祖《祝英台近》）➡

◯大才名，知几许、功夫做◯。（【南宋】魏了翁《满江红·贺刘左史光祖进职奉祠》）➡ ◯意春风，且占万花◯。（【南宋】李曾伯《醉蓬莱·丙午寿八窗叔》）➡ ◯尾四年，台省好官，都做一◯。（【南宋】王迈《沁园春·迎方右史德润》）➡ ◯首旗亭，渐渐红裳小。（【北宋】张先《苏幕遮》）

答案： 相思本是无凭语，莫向花笺费泪行。→行行读遍，厌厌无语，不忍更寻思。→思量也胜姮娥在，夜夜孤眠不识双。→双双新燕飞春岸，片片轻鸥落晚沙。→沙边幽梦，常恁芬芳。→芳意欺月矜春，浑欲便偷许。→许大才名，知几许、功夫做得。→得意春风，且占万花首。→首尾四年，台省好官，都做一回。→回首旗亭，渐渐红裳小。

> 只愿君心似我心,定不负相思意。
>
> ——【北宋】李之仪《卜算子》

【佳句解析】

只希望你的心和我的心一样,不辜负这相思之情。

【原作欣赏】

卜 算 子

我住长江头①,君住长江尾②。日日思君不见君,共饮长江水。此水几时休,此恨何时已③。只愿君心似我心,定不负相思意④。

❶ **长江头**:指长江上游。
❷ **长江尾**:指长江下游。
❸ **已**:完结,终止。
❹ **定**:此为词中的衬字。在词规定的字数外适当地增添一二不太关键的字词,以更好地表情达意,谓之衬字,亦称"添声"。**相思意**:彼此相思的爱恋之情。

佳句品读

这首词深具民歌风味,明白如话而又真挚动人,结尾的这两句是全词感情脉络的自然升华,点明了主人公的期盼:希望意中人与自己心意一样,两情相悦。

【作者简介】

李之仪（1048—1117），字端叔，自号姑溪居士、姑溪老农，北宋词人。他是苏轼门人之一，但词作长调更接近于柳永、小令则与秦观相近，著有《姑溪词》《姑溪居士前集》等。

【佳句接龙】

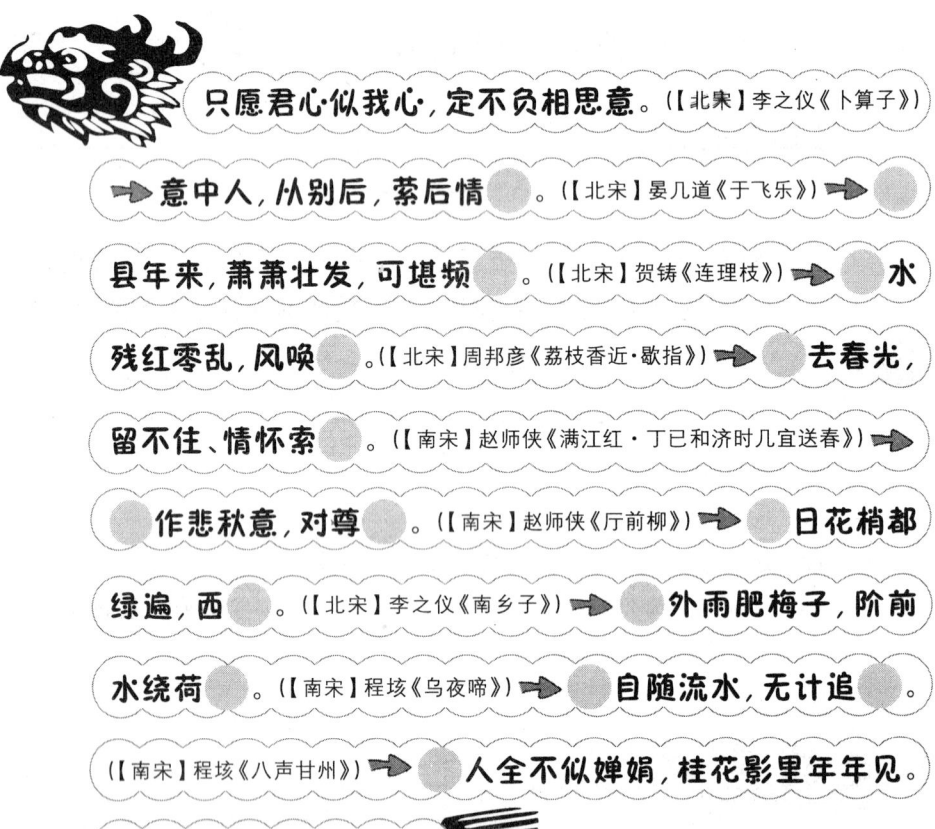

答案：只愿君心似我心，定不负相思意。→意中人，从别后，萦后情怀。→怀县年来，萧萧壮发，可堪频照。→照水残红零乱，风唤去。→去去春光，留不住、情怀索莫。→莫作悲秋意，对尊前。→前日花梢都绿遍，西墙。→墙外雨肥梅子，阶前水绕荷花。→花自随流水，无计追随。→随人全不似婵娟，桂花影里年年见。

宋词谜语

儿童相见不相识（打一句宋词）

谜底：笑问汝为谁

不为捣衣勤不睡，破除今夜夜如年。

——【北宋】贺铸《夜如年》

【佳句解析】

不是因为忙于捣衣而不眠，实在是这夜长如年，只好借捣衣来熬过这漫漫长夜。

【原作欣赏】

夜 如 年

斜月下，北风前，万杵千砧捣欲穿。不为捣衣勤不睡①，破除今夜夜如年②。

❶ **捣衣**：古代妇女把衣料铺在石砧上用木棒捶击，使之绵软以便裁制衣物。

❷ **破除今夜**：度过今夜。

佳句品读

思妇彻夜难眠,只能借不停捣衣来减轻难以忍受的孤寂与悲伤,万杵千砧,承载了多少沉重的思念,又吐露了多少无望的痛苦,这两句语浅情深,极具撼动人心的艺术力量。

【佳句接龙】

不为捣衣勤不睡,破除今夜夜如年。(【北宋】贺铸《夜如年》)

年年看寒雁,一十四番○。(【北宋】朱敦儒《临江仙》)

首风云,未忍辞明○。(【北宋】朱敦儒《苏幕遮》) 人情厚酒

行频,酩酊莫辞今夕○。(【南宋】王之道《玉楼春·和令升正月五日会客》)

○后西园入梦,东风柳色花○。(【南宋】范成大《朝中措》)

雾氤氲,不放重帘○。(【南宋】谈羲仲《点绛唇》) 帘中、鼓

枕上,月星浮○。(【南宋】范成大《三登乐》) 光山色与人亲,

说不尽、无穷○。(【北宋】李清照《怨王孙》) 把袖间经济手,

如今去补天西○。(【南宋】杨炎正《满江红·寿稼轩》) 斗转魁柄,

东海欲飞乌。(【南宋】甄龙友《水调歌头》)

答案：不为捣衣勤不睡，破除今夜夜如年。→年年看塞雁，一十四番回。→回首风云，未忍辞明主。→主人情厚酒行频，酩酊莫辞今夕醉。→醉后西园入梦，东风柳色花香。→香雾氤氲，不放重帘卷。→卷帘中、敧枕上，月星浮水。→水光山色与人亲，说不尽、无穷好。→好把袖间经济手，如今去补天西北。→北斗转魁柄，东海欲飞乌。

宋词谜语

相逢一笑泯恩仇（打一句宋词）

谜底：不应有恨

天便教人，霎时厮见何妨！

——【北宋】周邦彦《风流子》

【佳句解析】

老天就叫我们见上一面，哪怕就是一会儿的功夫，又有什么妨碍呢！

【原作欣赏】

风 流 子

新绿小池塘，风帘动、碎影舞斜阳。羡金屋去来，旧时巢燕；土花缭绕①，前度莓墙②。绣阁里，凤帏深几许？听得理丝簧③。欲说又休，虑乖芳信④；未歌先噎，愁近清觞⑤。　　遥知新妆了，开朱户,应自待月西厢。最苦梦魂,今宵不到伊行。问甚时说与,佳音密耗,寄将秦镜⑥,偷换韩香⑦?天便教人,霎时厮见何妨!

① 土花:苔藓。
② 莓墙:长满青苔的墙。
③ 丝簧:指管弦乐器。
④ 乖:违误。
⑤ 清觞:洁净的酒杯。
⑥ 秦镜:汉代秦嘉妻徐淑赠其明镜。这里指情人送的物品。
⑦ 韩香:西晋贾充之女贾午爱恋韩寿,以御赐西域奇香赠之。这里指情人的赠品。

佳句品读

全词将欲见不得见的怀人之情层层铺叙,步步酝酿而渐至极深极浓,终于在这最末两句直抒胸臆,一腔热望脱口而发,真是天若有知也应为其所感。

【佳句接龙】

天便教人,霎时厮见何妨!([北宋]周邦彦《风流子》) ➡ 妨

它踏青斗草,便放晓日东〇。([南宋]陈允平《红林檎近》) ➡ 凭

绣日莺声婉,帘卷香云雁影〇。([南宋]陈允平《思佳客》) ➡ 首

夕阳红尽处,应是长〇。([北宋]张舜民《卖花声·题岳阳楼》) ➡ 〇

排弦管倾芳酝,报答秋⬤。(【北宋】朱敦儒《采桑子·重阳病起饮酒连夕》)

➡ ⬤阴,驹过隙,髭鬓如戟,容易成⬤。(【南宋】洪适《满庭芳·酬赵泉》)

➡ ⬤竹送迎时,灯火阑珊⬤。(【南宋】洪适《生查子·收灯日次李举之韵》)

➡ ⬤月一帘花影,春风十里松⬤。(【南宋】葛长庚《八六子·戏改秦少游词》)

➡ ⬤珂处,西湖路上,接武筑堤⬤。(【南宋】王义山《满庭芳·寿佘节使》)

➡ ⬤平浅渡,雨湿孤村,何处长亭晚。(【北宋】李弥逊《青玉案》)

答案：天便教人,霎时厮见何妨！→妨它踏青斗草,便放晓日东窗。→窗凭绣日莺声婉,帘卷香云雁影回。→回首夕阳红尽处,应是长安。→安排弦管倾芳酝,报答秋光。→光阴,驹过隙,髭鬓如戟,容易成丝。→丝竹送迎时,灯火阑珊夜。→夜月一帘花影,春风十里松鸣。→鸣珂处,西湖路上,接武筑堤沙。→沙平浅渡,雨湿孤村,何处长亭晚。

醉翁之意不在酒（打一句宋词）

谜底：从来只为溪山好

第10章 哲言警句

> 丈夫志,当景盛,耻疏闲。
>
> ——【北宋】苏舜钦《水调歌头·沧浪亭》

【佳句解析】

大丈夫应有远大抱负,正当盛年之时,耻于疏懒闲散。

【原作欣赏】

水调歌头·沧浪亭

潇洒太湖岸,淡伫洞庭山①。鱼龙隐处,烟雾深锁渺弥间②。方念陶朱张翰③,忽有扁舟急桨,撇浪载鲈还。落日暴风雨,归路绕汀湾。丈夫志,当景盛,耻疏闲。壮年何事憔悴,华发改朱颜。拟借寒潭垂钓,又恐鸥鸟相猜,不肯傍青纶④。刺棹穿芦荻,无语看波澜。

① **淡伫**:清新明净。**洞庭山**:太湖中的岛屿。
② **渺弥**:浩渺弥漫。
③ **陶朱**:春秋末范蠡助勾践兴越灭吴后,变名易姓,在陶地经商,大富。
④ **纶**:钓鱼用的线。

佳句品读

词人壮年被斥退出官场，个人志向不得施展，内心的激愤可想而知。这3句正表现出词人面对自己怀才不遇而年华蹉跎的境况的不平，然而他对此又无能为力，所以下文只能由忧谗畏讥转为默观风云。

【作者简介】

苏舜钦（1008—1048），字子美，北宋诗人。他与梅尧臣齐名，人称"苏梅"。著有《苏学士文集》等。

【佳句接龙】

丈夫志，当景盛，耻疏闲。（【北宋】苏舜钦《水调歌头·沧浪亭》）

➡闲倚和风千步柳，倦临残雪一枝❍。（【南宋】赵彦端《琴调相思引》）➡❍英疏淡，冰澌溶泄，东风暗换年❍。（【北宋】秦观《望海潮·洛阳怀古》）➡❍灯纵博，雕鞍驰射，谁记当年豪❍。（【南宋】陆游《鹊桥仙》）➡手揖吴云，人与暮天俱❍。（【北宋】苏轼《如梦令·题淮山楼》）➡岫四呈青欲滴，长空一抹明于❍。（【南宋】吴潜《满江红·九日郊行》）➡圆明，冰样洁，水来❍。（【南宋】李曾伯《水调歌头·幕府有和，再用韵》）➡欢莫待相期约，乘兴来时便可〇。(【北宋】范纯仁《鹧鸪天·和持国》)➡〇年秋色起鹏程,一举上晴〇。(【南宋】王千秋《好事近·寿黄仲符》)➡〇霄澄暮霭,引琼驾、碾秋光。(【南宋】周密《木兰花慢·平湖秋月》)

答案:丈夫志,当景盛,耻疏闲。→闲倚和风千步柳,倦临残雪一枝梅。→梅英疏淡,冰澌溶泄,东风暗换年华。→华灯纵博,雕鞍驰射,谁记当年豪举。→举手揖吴云,人与暮天俱远。→远岫四呈青欲滴,长空一抹明于镜。→镜圆明,冰样洁,水来清。→清欢莫待相期约,乘兴来时便可来。→来年秋色起鹏程,一举上晴碧。→碧霄澄暮霭,引琼驾、碾秋光。

趣味宋词

宋词中的比喻

请在下列各句宋词的括号内填入喻体。

① 绿树如(　　),等闲借与莺飞。

② 曲罢翠帘高卷,几回新月如(　　)。

③ 人笑杜陵客,短褐鬓如(　　)。

④ 容斋巨笔如(　　),迎来一记,赢得芳名独。

⑤ 满天星月,看人憔悴,烛泪垂如(　　)。

⑥ 吴山青处,恨长安路断,黄尘如(　　)。

⑦ 一醉万缘空,莫贪伊、金印如(　　)。

⑧ 约莫香来,倚阑低瞰花如(　　)。

⑨ 待归时,叶底红肥,细雨如(　　)。

⑩ 只恐远归来,绿成阴、青梅如(　　)。

答案:① 云　② 钩　③ 丝　④ 椽　⑤ 雨　⑥ 雾　⑦ 斗　⑧ 雪　⑨ 尘　⑩ 豆

> 人有悲欢离合,月有阴晴圆缺,此事古难全。
>
> ——【北宋】苏轼《水调歌头》

【佳句解析】

人有悲欢离合的变迁,月也有阴晴圆缺的转换,这种事自古就难以周全。

【原作欣赏】

水调歌头

丙辰中秋①,欢饮达旦②,大醉,作此篇,兼怀子由③。

明月几时有?把酒问青天④。不知天上宫阙⑤,今夕是何年。我欲乘风归去⑥,又恐琼楼玉宇⑦,高处不胜寒⑧。起舞弄清影⑨,何似在人间⑩。　转朱阁⑪,低绮户⑫,照无眠⑬。不应有恨,何事长向别时圆⑭?人有悲欢离合,月有阴晴圆缺,此事古难全。但愿人长久,千里共婵娟⑮。

① **丙辰**:宋神宗熙宁九年(1076)。
② **达旦**:到天亮。
③ **子由**:苏轼弟弟苏辙的字。
④ **把酒**:端起酒杯。
⑤ **宫阙**:宫殿。
⑥ **乘风归去**:驾着风,回到天上去。
⑦ **琼楼玉宇**:美玉砌成的楼宇。这里指想象中的仙宫。
⑧ **不胜**:经受不住。
⑨ **弄清影**:月光下的身影也跟着做出各种舞姿。

⑩ **何似**：哪里比得上。
⑪ **朱阁**：朱红色的楼阁。
⑫ **绮户**：纹饰华丽的门窗。
⑬ **照无眠**：照着没有睡意的人（指词人自己）。
⑭ **何事**：为什么。
⑮ **婵娟**：指月亮。

佳句品读

这三句从人到月、从古到今，包含了深沉的人生哲理，透露出词人参悟世事的洒脱和旷达。人生际遇总是难免起伏不定，少有周全圆满，人们只有像词人这样超脱于一时的不如意而放宽心胸，才能获得精神上的丰富博大。

【佳句接龙】

人有悲欢离合，月有阴晴圆缺，**此事古难全**。【北宋】苏轼《水调歌头》➡ **全**胜陇头冲雪、寄江。【南宋】韩元吉《虞美人·叶梦锡园十月海棠盛开》➡ 蕊拆来看，已偷得、春风些。【北宋】晁元礼《蓦山溪》➡ 小·兰舟，荡桨东风。【北宋】贺铸《点绛唇》➡ 朝来雨过，鱼儿争。【南宋】洪适《满江红·黄堂席上答太守》➡ 处如公都有数，今古梦，几番。【南宋】魏了翁《江城子》➡ 来雁阔云音，鸾分鉴影，无计重。【南宋】卢祖皋《宴清都·初春》) → 凤枕羞孤另,相思洒红 。(【北宋】方千里《法曲献仙音》) → 余天气来深院,向阳纤草重 。(【北宋】杜安世《河满子》) → 梅煮酒,幸随分、赢得高歌。(【北宋】王安礼《潇湘忆故人》

答案： 人有悲欢离合,月有阴晴圆缺,此事古难全。→全胜陇头冲雪、寄江梅。→梅蕊拆来看,已偷得、春风些小。→小小兰舟,荡桨东风快。→快朝来雨过,鱼儿争出。→出处如公都有数,今古梦,几番新。→新来雁阔云音,鸾分鉴影,无计重见。→见凤枕羞孤另,相思洒红雨。→雨余天气来深院,向阳纤草重青。→青梅煮酒,幸随分、赢得高歌。

宋词谜语

祝寿（打一句宋词）

谜底： 但愿人长久

圭（打一句宋词）

谜底： 佳人何在

> 众里寻他千百度,蓦然回首,那人却在,灯火阑珊处。
>
> ——【南宋】辛弃疾《青玉案·元夕》

【佳句解析】

我在人群中千百次寻找一个人,猛然回头,那人却正在灯火寥落的地方。

【原作欣赏】

青玉案·元夕

东风夜放花千树①,更吹落,星如雨②。宝马雕车香满路,凤箫声动③,玉壶光转④,一夜鱼龙舞⑤。 蛾儿雪柳黄金缕⑥,笑语盈盈暗香去⑦。众里寻他千百度,蓦然回首⑧,那人却在,灯火阑珊处⑨。

① **花千树**:形容灯火之多,如千树繁花齐开。
② **星如雨**:指焰火纷纷,乱落如雨。
③ **凤箫**:传说秦穆公之女弄玉嫁给萧史,夫妻善吹箫作凤鸣声,后二人乘凤飞天仙去,故称箫为凤箫。
④ **玉壶**:灯的一种。这里也可指比喻明月。
⑤ **鱼龙舞**:指舞动鱼形、龙形的灯所作的表演。
⑥ **蛾儿雪柳黄金缕**:蛾儿、雪柳、黄金缕都是宋代元宵节妇女头上所戴的装饰物。这里指盛装的妇女。
⑦ **盈盈**:声音轻盈悦耳,也指仪态美好的样子。**暗香**:妇女身上散发的幽香。
⑧ **蓦然**:突然,猛然。
⑨ **阑珊**:灯火零落稀少。

佳句品读

繁华寥落处,伊人自幽独,词人其实也是以此自喻,标明自己不愿屈身降志去竞逐俗世的高洁自持。王国维《人间词话》曾以这几句作为古今之成大事业、大学问者所必经的第三境界,亦即最高境界,这使得这几句的意蕴更为深厚而广为人知。

【佳句接龙】

众里寻他千百度,蓦然回首,那人却在,灯火阑珊处。(【南宋】辛弃疾《青玉案·元夕》)➡ **处**处伤心,年年远念,惜春人。(【北宋】吕渭老《醉蓬莱》)➡ **人**子衰迟,居然怀感,厚意怎生酬。(【南宋】史浩《喜迁莺·收灯后会客》)➡ **酬**失扫去,意海澄流要。(【南宋】曹勋《法曲·歌头》)➡ **要**质翻嫌西子白,浓妆却笑东邻。(【南宋】刘克庄《满江红·丹桂》)➡ **邻**壁功名,东坡文字,俯仰人间无古。(【南宋】李曾伯《沁园春·丁酉春陪制垣齐安郡圃曲水之集》)➡ **古**年好处,冰清汉节,与梅为。(【南宋】李曾伯《水龙吟·己酉寿广西丰宪》)➡ **为**鲁申公,师浮丘伯,尚可教书村学。(【南宋】刘克庄《沁园春·六和》)➡ **学**堂七尺,懔一时人物,孤映三。(【南宋】王之望《念奴娇·坐上和何司户》)➡ **三**道登天,一杯送、绣衣行客。(【南宋】辛弃疾《满江红·送李正之提刑入蜀》)

答案：众里寻他千百度,蓦然回首,那人却在,灯火阑珊处。→处处伤心,年年远念,惜春人老。→老子衰迟,居然怀感,厚意怎生酬得。→得失扫去,意海澄流要体。→体质翻嫌西子白,浓妆却笑东邻赤。→赤壁功名,东坡文字,俯仰人间无古今。→今年好处,冰清汉节,与梅为友。→友鲁申公,师浮丘伯,尚可教书村学堂。→堂堂七尺,憔一时人物,孤映三蜀。→蜀道登天,一杯送、绣衣行客。

更无花态度,全有雪精神。

——【南宋】辛弃疾《临江仙·探梅》

【佳句解析】

梅花没有其他花朵鲜艳娇嫩的样子,而是一派凌霜傲雪的神韵。

【原作欣赏】

临江仙·探梅

老去惜花心已懒①,爱梅犹绕江村。一枝先破玉溪春②。更无花态度,全有雪精神。　剩向空山餐秀色③,为渠著句清新④。竹根流水带溪云。醉中浑不记⑤,归路月黄昏。

注释

① **心已懒**：情意已减退。
② **玉溪**：指溪水似玉般洁白晶莹。
③ **剩向**：尽向。**餐秀色**：秀色可餐，原以指妇女容色之美，这里用以形容山川秀丽。
④ **渠**：他，这里指梅花。
⑤ **浑**：全。

佳句品读

梅花不同于凡俗百花，它的独特之处就在于不惧严寒的傲骨，词人咏梅，实际也是自抒怀抱，映射出词人自己不与流俗同流合污的高洁。

【佳句接龙】

更无花态度，全有雪精神。（【南宋】辛弃疾《临江仙·探梅》）

➔ 神仙何处，人尽道、我州三神之。（【南宋】家铉翁《念奴娇·中秋纪梦》）➔ 番新雨重，飞不起杨。（【南宋】仇远《临江仙·柳》）

➔ 外飞来寒食雨，一时留住游。（【北宋】秦观《临江仙·看花》）

➔ 不见，碧云暮合空相。（【北宋】秦观《千秋岁》）➔ 此

貌无恐，心亦畏风。（【南宋】李处全《水调歌头·冒大风渡沙子》）➔

涛静，泛洞庭青草，重整兰。（【南宋】刘过《六州歌头·送王玉良》）

→ 楫具，将归。（【南宋】京镗《满江红·壬子年成都七夕》）→

去惜花心懒，踏青闲步江　。（【南宋】朱淑真《西江月·春半》）→

戈未定，悲咤河洛尚膻腥。（【南宋】张元幹《水调歌头·送吕居仁召赴行在所》）

答案：更无花态度，全有雪精神。→神仙何处，人尽道、我州三神之一。→一番新雨重，飞不起杨花。→花外飞来寒食雨，一时留住游人。→人不见，碧云暮合空相对。→对此貌无恐，心亦畏风波。→波涛静，泛洞庭青草，重整兰舟。→舟楫具，将归去。→去去惜花心懒，踏青闲步江干。→干戈未定，悲咤河洛尚膻腥。

宋词故事

似被前缘误

天台营妓严蕊色艺冠于一时，精于琴棋歌舞、丝竹书画，知府唐仲友听闻她的声名，曾招其侍宴，以红白桃花为题命其写一首词，她即席作《如梦令》，词句清新可喜，得到了唐仲友的赏赐。后来朱熹巡行至台州，因与唐仲友有私仇，便上疏弹劾唐仲友，其中一条罪名便是其与严蕊来往有伤风化，并将严蕊逮捕入狱以取得供词，两月之间，一再行刑，严蕊几乎被打死。有人劝说严蕊："你为什么不早点承认呢，认了罪也就不必再受苦了。"严蕊拒绝道："我身为卑贱，即使与官员有所逾越，也罪不至死，但是非真伪，怎么能胡乱污蔑士大夫？我即使死了也不会诬陷别人。"

此事一时议论纷纷，后来传到宋孝宗那里，孝宗认为这是"秀才争闲气"，将朱熹调任，转由岳霖任提点刑狱。岳霖释放了严蕊，并问其归宿，于是她写下了《卜算子》自述志向："不是爱风尘，似被前缘误。花落花开自有时，总赖东君主。　去也终须去，住也如何住？若得山花插满头，莫问奴归处。"

> 江头未是风波恶,别有人间行路难。
>
> ——【南宋】辛弃疾《鹧鸪天·送人》

【佳句解析】

江头风高浪急,还不是十分险恶,而人间行路却是更艰难。

【原作欣赏】

鹧鸪天·送人

唱彻阳关泪未干①,功名余事且加餐②。浮天水送无穷树③,带雨云埋一半山。　今古恨,几千般④,只应离合是悲欢⑤?江头未是风波恶⑥,别有人间行路难⑦。

注释

1. **彻**:完。
2. **功名余事且加餐**:功名是身外多余的事,还是多吃饭吧。
3. **无穷**:无尽,无边。
4. **般**:种。
5. **只应离合是悲欢**:哪里只是离别使人悲伤,团聚使人欢颜? **只应**:这里意为"岂只"。
6. **未是**:还不是。
7. **别有**:更有。

佳句品读

人世险恶更甚于风波险恶,这两句饱含词人历经仕途挫折的无限感慨,在送别的结末提升了全词的境界,更透露出词人满腔的郁愤与悲怆。

【佳句接龙】

江头未是风波恶,别有人间行路难。([南宋]辛弃疾《鹧鸪天·送人》) ➡ 难言处,良宵淡月,疏影尚风○。([南宋]李清照《满庭霜》)

➡ ○水暗随红粉去,园林渐觉清阴○。([南宋]辛弃疾《满江红·暮春》) ➡ ○影翻阶,曾为寻诗。([南宋]张炎《点绛唇·芍药》)➡

清明时候,百紫千红花正○。([北宋]李元膺《洞仙歌》)➡ 石穿空,

惊涛拍岸,卷起千堆○。([北宋]苏轼《念奴娇·赤壁怀古》)➡ 后南

山耸翠,平野欲生○。([北宋]晁补之《八声甘州·历下立春》)➡ 柳上

轻,风丝漫袅,楼阁晚还○。([北宋]晁补之《一丛花》)➡ 晴寒食

天,寂寞西郊○。([南宋]赵师侠《生查子·丙午铁炉冈回》)➡ 幕递香,

街马冲尘东风细。([南宋]吴文英《绛都春·题蓬莱阁灯屏,履翁帅越》)

答案：江头未是风波恶,别有人间行路难。→难言处,良宵淡月,疏影尚风流。→流水暗随红粉去,园林渐觉清阴密。→密影翻阶,曾为寻诗到。→到清明时候,百紫千红花正乱。→乱石穿空,惊涛拍岸,卷起千堆雪。→雪后南山耸翠,平野欲生烟。→烟柳上轻,风丝漫袅,楼阁晚还阴。→阴晴寒食天,寂寞西郊路。→路幕递香,街马冲尘东风细。

宋词谜语

国际记者（打一句宋词）

谜底：遍天涯寻消问息

流光容易把人抛,红了樱桃,绿了芭蕉。

——【南宋】蒋捷《一翦梅·舟过吴江》

【佳句解析】

时光易逝,使人追赶不上,樱桃才红,芭蕉又绿了。

【原作欣赏】

一翦梅·舟过吴江

一片春愁待酒浇。江上舟摇,楼上帘招①。秋娘渡与泰娘桥②。风又飘飘,雨又萧萧。　何日归家洗客袍③？银字笙调④,心字香烧⑤。流光容易把人抛,红了樱桃,绿了芭蕉。

注释

① **帘**：酒楼悬挂的酒旗、招幌。
② **秋娘渡与泰娘桥**：秋娘渡、泰娘桥都是吴江一带地名。秋娘和泰娘都是唐代的著名歌女。一本作"秋娘度与泰娘娇"。
③ **客袍**：旅途穿的衣服。
④ **银字笙**：笙上用银作字以表示音色的高低。**调**：吹弄。
⑤ **心字香**：盘曲如"心"字形的香。

佳句品读

樱桃变红、芭蕉变绿，生动地显示出季节的推移，把看不见的时光流逝转化为可以捉摸的形象，言语灵动妍丽，也让人感受到词人对于年华易逝而万物倏忽的隐隐怅叹。

【作者简介】

蒋捷（生卒年不详），字胜欲，号竹山，宋末元初词人，与周密、王沂孙、张炎并称"宋末四大家"。其词造语多奇巧，著有《竹山词》等。

【佳句接龙】

流光容易把人抛，红了樱桃，绿了芭蕉。（【南宋】蒋捷《一翦梅·舟过吴江》）➡ 蕉叶窗纱，荷花池馆，别有留人处。（【南宋】姜夔《念奴娇·谢人惠竹榻》）➡ 处羊肠路，归路是安。（【南宋】吴潜《水调歌头》）➡ 放出、一轮金镜，皎然虚。（【南宋】吴潜《满江红·刘表翁右司席上》）

→ ●草初齐,舞鹤闲相●。(【北宋】吕渭老《蝶恋花》)→ ●黄鹄,

湖影乱,海光●。(【北宋】朱敦儒《水调歌头·和海盐尉范行之》)→ ●生事,

算天涯海角,谁是闲●。(【南宋】何梦桂《沁园春·和何逢原见寿》)→ ●

不见,纵有音书,争似重携●。(【南宋】何梦桂《喜迁莺·感春》)→ ●种

堂前垂柳,别来几度春●。(【北宋】欧阳修《朝中措·送刘仲原甫出守维扬》)

→ ●清月白偏宜夜,一片琼田。(【北宋】欧阳修《采桑子》)

答案:流光容易把人抛,红了樱桃,绿了芭蕉。→蕉叶窗纱,荷花池馆,别有留人处。→处处羊肠路,归路是安便。→便放出,一轮金镜,皎然虚碧。→碧草初齐,舞鹤闲相趁。→趁黄鹄,湖影乱,海光浮。→浮生事,算天涯海角,谁是闲人。→人不见,纵有音书,争似重携手。→手种堂前垂柳,别来几度春风。→风清月白偏宜夜,一片琼田。

宋词谜语

欢声笑语遍城乡(打一句宋词)

谜底:无处话凄凉